U0894894

真心离伤心 最近

一些让人流泪的故事

末尾曲故事小组 / 编著

CNS
湖南文艺出版社
HUNAN LITERATURE AND ART PUBLISHING HOUSE
博集天卷
CS-BOOKY

目录

Chapter 1

001 / **我能想象的幸福，就是和你在一起**

003 / 岁月如歌

007 / 火车之恋

017 / 给兔小白的情书

021 / 来不及说我爱你

Chapter 2

031 / **爱情包裹里，是我们最美好的曾经**

033 / 爱情包裹

043 / 两小无猜

053 / 爱你到明年的春天

056 / 结婚五年，我又发现了一次爱情

Chapter 3

073 / **我偶尔会忘记，你还爱着我**

075 / 爱情转移

079 / 岁月的眼睛

088 / 老鼠的自述

095 / 当爱情只剩下一百步

Chapter 4

097 / **总有一次流泪，让我们瞬间长大**

099 / 教室里的春天

105 / 一个人的爱情

109 / 灵魂里的胖女孩

120 / 关于爱情的赌博

Chapter 5

125 / **这个世界改变了太多，但你依旧爱我**

127 / 第三条河岸

131 / 天使的女儿

139 / 最好的音乐是无声

146 / 笨蛋爸爸和聪明女儿

Chapter 6

159 / **你要去相信，你就是奇迹**

161 / 妈妈

164 / 妈妈，我们回家吧

168 / 她不丑，她是我妈妈

170 / 让全世界的人都知道我丢了

176 / 我要找妈妈，你是我妈妈吗？

Chapter 7

183 / **在爱情的四季里，你依然可以做自己**

185 / 许愿树

192 / 送别

196 / 最爱的是谁

198 / 永远不要放弃你所爱的人

Chapter 8

201 / **心怀美好，就一定会通向远方**

203 / 最善良的傻瓜

208 / 不良少年二三事

220 / 一则感人的故事

224 / 十个励志故事，一堂精彩的人生课

Chapter 1

我能想象的幸福，就是和你在一起

我们整天忙忙碌碌，像一群群没有灵魂的苍蝇，喧闹着，躁动着，听不到灵魂深处的声音。时光流逝，童年远去，我们渐渐长大，岁月带走了许许多多的回忆，也销蚀了心底曾经拥有的那份童稚的纯真，我们不顾心灵桎梏，沉溺于人世浮华，专注于利益法则，我们把自己弄丢了。

——《小王子》

岁月如歌

岁月如歌，忘词本是常事。

越发沉默，习惯早已成型。

成长逐年在我身上留下不同的纹路，

好看也罢，不好看也罢，

但最终也还是造就了今日的我。

于是，我只能反复强调，

时光啊，你怎么可以如此改变一个人，

从头至尾，不放过任何一个小细节。

可是岁月啊，你不该只是路过，

而应当一直陪在我身旁，

不错过任何一个小故事。

有段时间，失眠到觉得委屈，即便好不容易睡着了，大半夜也总是会醒来好几次，或者干脆一夜无眠。有时候，甚至是哭着醒来，哭着睡着。那个时候，我正在进行一段异地恋，我和对象通常一年也只是见两三次。开始的时候，他在那一头，我在这一头。分开的时候，他在那一边，我在这一边。整个过程根本就不像是一段恋情，不过就是一种精神上的朋友彼此唠叨、埋怨或者鼓励、支持。再加上双方家人一直都在竭力反对，我们的日子过得并不比上刀山下油锅逊色。毕竟，心灵的折磨才是最大的痛处。不得不说，后来的分开真的让我很大程度上得到了释放和成长。

有一次，我经历了三角恋的情节，至今我也没法儿说那是自己的无心之失，因为的确是我独自埋下的伏线，让彼此，还有另一个他备受煎熬。时间停在当时，我曾默默地写道："我知道，最痛的轮不到我。毕竟，相比之下，我的忧伤和内疚是那么微不足道。"也正是这一份认识，吸引了一位叫"失眠"的朋友夜夜相伴。

记得某一个晚上，我因为情绪太过低落，选择了早睡。听舍友说，时钟尚未来得及敲响午夜的钟声时，他突然听见躺在床上的我不停地哭，还是哭了好久才又安静下来继续睡。

第二天醒来，舍友纷纷问前一晚发生了什么事情，我也忘了当时自己回复的是什么。只是前几天，翻看过去的日记才记起，那只不过是一场噩梦，梦里因为没有守护好男友送的盒子而害怕不已，由于不敢面对，只好独自一人在街上徘徊。

如今事情过去了，时间也留下了不少纹理。那个第二天醒来还稍带点儿血迹的伤口今日早已变成淡淡的伤痕，似有非有。之后和他再相见，我什么也没有说。也没有向任何一个人谈起。因为觉得都无关痛痒，不值一谈。

这样的梦，一次就够了。可我反反复复地做了好几次，画面并没有一模一样，但也没什么差别。那一阵子，我每天都活在惶恐中。失去，我不怕，只是怕这种折磨终有一天会让我们心生缝隙，待到与他相见，说不定就像一个巴掌狠狠地打在自己的心房上，又苦又涩，却又非得显得甜蜜。又或者，其实那一个巴掌早已经重重地打在了我们的恋情上，只是我一人后知后觉，始终未曾发觉。

他送的音乐盒子，我还留着。这也是我留下的唯一能与他扯上关系的实物，虽然目前我也并不清楚它在家里的哪一个角落。毕竟，岁月不该只是路过，而应当一直陪在这儿。有些人你会忘掉，而有些人你怎么也忘不掉。

“人生不过一场漫长拾荒。你一物一什地拾捡，一砖一瓦地垒砌，到最后，却连同你的身心都将悄然融入浩渺天地，不留一丝声息。”不管记忆的盒子里装满了什么，多年后的旧人相见，结局是童话里的那样也好，是令人万分惶恐与不安的噩梦也好，都没关系。因为成长从来没有捷径，你耗尽一世心力，只想把日子过得风生水起，却不知，你经过的也只是经过，这一生不过是须臾暖梦，光阴从来不会因你的眷顾而获得片刻止息。但愿岁月会与你常相伴，见证你身边发生的每一个小故事。

慢慢地，从在一起到分开，再到现在，我从一个城市来到了另一个城市。尽管依然是独自一人，可也懂得静下心来，以缓慢的姿态走在每一座城市的烟火街市，看川流过往的人群，品当地的风味吃食，领略风土人情。就像你想了解一个人，也总得耗了心力去洞明，那隐在心意血脉纹理深处妖娆抑或沉敛的性情。

只身在异域，夜晚的灯火再明耀，依旧也只是城市的面纱。那些掩在灯光深处看似沉默富丽的建筑，夜半醒来时，依旧难免让我手足无措且深深失望。只是，如若不曾来，我依旧无法想象那些温情华丽的梦想会是怎样的一个实体。幸亏，我到底还是来了。而遇到的人，刚刚好，都是爱我的和我爱的。虽说也有不愉快的人闯进，可是慢慢发现，真正能伤到我的人并不多。那些不相干的人，再处心积虑地伤害，也不会让我真正心疼，不过仅仅殃及浅表与发肤。

岁月如歌，忘词本是常事。

越发沉默，习惯早已成型。

过去的我不管了，即便说不上百毒不侵，我也始终呼吸顺畅。记忆再丰盛，也将依稀成旧事。今天再璀璨明耀，也会隐匿成昨天。紧紧攥在手里的日子，再不舍也将坚定从容地一去不返。任何物什与情感，再美好你也无须贪恋。要知道，这世上本没有什么可以恒久，再多的纠结缠绕也只是经过。最好的结局就是：彼此迎面，微笑，然后转身，错失于洪荒。

祈祷你们都会过得好，不管是喂马、劈柴，还是周游世界，愿岁月对你们的每一个故事都了如指掌，并且不离不弃。

火车之恋

火车站的时钟，正指着三点零五分。

我一个人拎着小行李箱，怀着极其忐忑的心情，踏上了“莒光”号列车。我不想问它来自哪里，也不想问它将往何处去，因为，这均非我此行的目的。我只是径自找到五号座位，然后坐了下来，等待一个不可能出现的奇迹……

那是来自一年前的记忆。

我跟他在火车上相遇，拥有了一段只有七天的恋情。一路上，车窗外都是春天展露风情的身影，有满山遍野的杜鹃，有姿态高傲的山樱，在灿烂夺目的绽放里，谁会去计较凋零？正如彼时，我和他那段只顾盛开、不懂凋零的恋情……

我永远也忘不了与他相遇的那个春季。那段时间，我患上了严重的职业倦怠症，于是没有理会总经理的脸色，请了七天年假，独自买了张车票，想回南方老家散散心。

由于不是假日，车上还不算拥挤，这让我备感安适。就在我愉悦地欣赏窗外的景致时，突然被人打断了。

“小姐，对不起，你好像坐了我的座位。”我的耳边传来一口很地道的日语，夹杂着些许的局促。

我回过头愣住了。因为我没想到说话的是个颇为潇洒的日本青年。他一头齐耳的直发，穿着一身牛仔装，背着相机，落落大方地站在我面前。他见我来不及反应过来，便又急忙地比画了一番，还拼凑了些英文来表达自己的意思。

“对不起，我的位子是靠窗的那一个……”他指着窗户，试图让我理解。

“我知道，不过我以为这位子没人呢！”我笑了笑，用还不差的日语来回应，打算起身让位。

“你懂日语？”他显然很惊讶，甚至还有点儿兴奋。

“学过一阵子，不算很流利……”尽管如此，我心里还是挺得意的。

“我想，窗边的位子适合你！”他示意我只要坐着就好。

“这……好吗？”我反倒客气起来了，虽然我心里有点儿高兴，但是脸上仍然满是狐疑的表情。他不是我印象中的日本男人，在我的印象中，日本男人要么就是色眯眯的，要么就是带着明显的大男子主义。

“你对日本人有成见？”他出人意料地问出这一句。

“啊？！”难道他会读心术？我不禁心虚得连敷衍一下都忘了。

“我知道大部分人对日本男人的风评。”他倒是一种无所谓的语气。

“不过，你是特例……”我不等他说完，便立即插嘴，想掩饰我不经意

流露出来的偏见。

“这你倒是说对了，我的家人和朋友也都说我是‘特例’。”他径自笑了起来。

“嗯？”我满头雾水地盯着他，觉得他有点儿奇怪。

“我是个拿相机的时间比拿听诊器的时间还要多的医生。我叫伊藤俊彦。”

他开始大方地介绍自己，亲切中带着诚恳，幽默中不乏谦虚。顿时让我这个一直都患有严重社交疏离症的女子，体验到了只有电影中才有的邂逅情景。

一开始，我并没有期待将会有如何浪漫的后续发展，毕竟我也不小了，早过了做梦的年纪。我根本不相信所谓的一见钟情，所以，对他不过只有做好“国民外交”的打算罢了。

或许是旅行带来的解脱和放松，向来严肃的我竟然也毫无防备地与他侃侃而谈，一半用日语，一半用英文，再不懂就用手比画。就这样，我们从摄影谈到了旅行，又从民俗风情谈到了奇闻奇景。很难想象，两个认识还不到三个钟头的男女，竟然可以聊得那么开心，仿佛是前世的友谊，就等着见这一面来延续。

“这么说，这趟是你的收心之旅啰？”我问。

原来，他答应了家里的要求，在完成这趟摄影之旅以后，他就回去当个好医生，并且完成父母期待已久的婚礼。

“是啊！所以这次旅行对我来说，更是别具意义，很幸运能遇见你。”

他的眼中突然闪过一丝我不太懂的神情。

这时，火车上传来报站的广播，台中站到了。离我的目的地还有一大段距离。火车停了又开，而我则一直专心与他谈话，像是着了魔，我情不自禁地滔滔不绝。我们沉浸在相互的交流里，欲罢不能。那时候的我们，并不知道这也是一种陷阱，让我们的偶遇结上了不该结的蛛网，也让分离有了牵绊，而掳获的则是我和他误闯入彼此的心。

我开始有点儿遗憾，为什么这趟火车只有短短的几个小时。

“你在哪一站下车？”我一问出口，就感到心中有些许难舍的感受。

“台中。”他停顿了一下才回答我。

“什么？那你坐过头了！”我几乎跳起来。

“我知道。”他像老僧入定般冷静。

“那你为什么不下车？”

“因为……我很想跟你继续聊下去。”

原来不舍的，不是我一人。

火车还在往台湾南部疾驶，而我们的友谊已然萌芽。

我原本以为，我下车的那个月台会是一切归零的起点，我们在彼此微笑挥别后，终将走入不同的世界。然而，我忽略了春天的气味会带来的情思蠢动，它让我在与他告别后，无法漠视心头千回百转的滋味。

终于，火车还是到站了，因为萍水相逢，除了一句“一路顺风”之外，怎么说仿佛都是造作，所以，我还是笑着走下车，然后伫立在月台上，静静看着火车载着他缓缓离去。

突然，他像是想起了什么似的跳了起来，抓起随身的行囊，以令我错愕的速度朝着车门方向跑来。

他要做什么？我还没反应过来，就见他利落地跳下车，然后气喘吁吁地跑向我，对我说："能不能当我一日的导游，陪我欣赏这里的风景？"

就这样，我们开始了一段交集。而我始终没有退路，因为从他跳下车的一刹那，美丽的错误已然成形，而情不自禁则是我和他不变的契合……

我们开始用一种暧昧不明、似有若无的方式来度过这趟春日之旅。

不管在哪里，他相机里的焦点都有我的参与，无论是赤崁楼，还是安平古堡。他说，这些风景里有我才有意义。

"不行，我怕我会破坏风景……"我总是调皮地闪躲着他的相机，可是我越是闪躲，他照得越起劲。

"谁说的，你可是天下第一大美女。"他的奉承话都令人不得不信以为真。

"你对每个模特儿都这么说吧！"我打趣地回应。

不料，他出乎意外地沉寂，过了好一会儿，他才正经八百地对我严正声明："我从来只照风景，除了你……"

除了你。

就为了他这一句话，我放弃了回老家的假期，主动提议陪他寻找各处的名胜古迹。我自己也不知道为什么。我只知道，如果此刻我掉头而去，将来肯定会为此懊恼不已。

伊藤俊彦是个天生的艺术家，任何细微的事物都能在他的诠释下突显性情，即使是一块碎片，在他的镜头下也散发出残缺的美丽。

“你喜欢这种表现形式？”我捡起碎片，觉得这预示着我日后的心情。

“有时候，有点儿遗憾反而更容易令人终生难忘。”他说。

“这理论可以成立，不过，一旦回归现实生活，就无法像说的那么无关要紧……”

“你相信王子公主会美梦成真的那种故事吗？”他略显严肃地问道。

“不相信，不过，那的确是我努力追求的梦想之一。”我也严肃地回应。

“梦想？！”

突然，他若有所思地喃喃自语，眼神也飘到了我看不到他心思的地方。我知道，他一定是想到了回日本后的情景。

不过，体贴的他还是没让这样的情绪影响心情。他说，我们时间不多，不该浪费在烦恼里，因此，我们结束两天一夜的府城之旅，搭乘火车来到了中部。

这天不知道是什么好日子，从我们离开车站开始，敲锣打鼓的车阵就一直不停。他非常好奇，于是沿街追着拍摄取景，也不管人家愿不愿意。

“喂，伊藤俊彦，你要注意啊，不要随便拍……”我好心提醒。

“放心啦！反正我会说恭喜，客气一点儿就没关系啦！”他倒是满满自信。

说着说着，一转眼的工夫，他就不见了踪影，我自然知道他又驻足在某个车阵中忙着拍摄。只不过，这一次他真的让我差点儿吓出心脏病，因为就在我专注于橱窗的春装时，他不知从哪里冒出来，死命地抓我的手，就往路旁的巷口冲去。慌乱中，我看到后面追来的几个人影。

就这样，我莫名其妙地随着他跑个不停，一直到我实在跑不动了才停下。

“发生什么事了？”我上气不接下气地问。

“我也不清楚啊……”

原来，他从没见过这么热闹的娶亲，不但敲锣，还吹喇叭、弹电子琴，于是想拍些相片回去，顺便跟这家人说声恭喜。谁知他们不但不领情，还追着他吼叫个不停。

他一说完，我愣了几秒，然后足足大笑了五分钟。我这才想起，日本的传统婚礼就是全白色系，他自然会对这种娶亲的方式新奇不已。

“你爱笑就笑吧！反正，能这样牵着你的手，怎样都行。”

他突如其来的轻轻细语，才让我惊觉，原来，我们的手一直握在一起。这次慌乱中的牵手，像是一种无言的牵系，注定牵过之后，彼此心心相印……

这一晚，我和他之间的气氛变得不同以往，带着诡谲和暧昧，虽然和前几天一样，他每晚总会来到我的房间聊天、看电视，再讨论着第二天要去的风景区。然而，这一晚，他显得漫不经心，不是看我看得发呆，就是一个人躲在一旁偷笑。

“好啦！你该回去睡觉了。”我将他推出了房门。

“好，那晚安……”他一副不舍离去的神情。

“晚安！”我让他逗得害臊起来。

“等等，我有话要告诉你！”他要我附耳过去。

我才觉狐疑，就觉得脸颊一阵暖暖的气息。是他的一个吻，轻轻浅浅的，瓦解了我仅有的围篱。突然，我渴望用我的方式来表达对他的感情。纵然，我们的爱只有几天；纵然，我不清楚这到底算不算一种纪念；纵然，日后他或许不会记得我们曾经共有过的这段情节……

东奔西走不再被列入行程，我们打算去一个可以尽情享受二人世界的地方，好好爱一回。雪霸公园是见证我们这段恋情的地方，我们在观雾的农场里过着分秒必争的蜜月，满山遍野的花卉则成了庆贺的嘉宾。我和他就在最爱的山樱花前，许下此生都不能说出口的诺言……

我们都爱看太阳升起时的壮烈，就像是我们一路走来的感觉。日升日落，循环不变，正如我们早在夕阳西下之前，编织着一场凄美的恋情。

就这样，我们谨守着约定。在飞往大阪的航班来临的那一刻，我们依然从容地坐在机场咖啡厅里，喝着属于彼此的最后一杯咖啡。

“洁，谢谢你给了我这么难忘的七天……”他的语调有些哽咽。

“而你给我的，何止这些。”我微笑着说，入口的咖啡却苦涩难咽。

“如果有遗憾，那就是没有时间好好疼你。”

“可以了，我从来都不贪心。”

我的感谢尽在眼底。只是这等潇洒的话，为的是要他安心离去，而他永远也不会知道。其实，我多么想问他：今后，我们是否能再相见？然而，这话始终如鲠在喉，我连泪都不敢流。

登机的时间终究到了，催促乘客登机的广播声就像是专门拆散恋人的恶

棍，看着别人的生离死别却依然喧嚷不休。

“洁，好好照顾你自己！”他的眼眶蓄满了泪，颤抖的双手温柔地捧住我的脸。

我再也无法克制自己了，任由眼泪涌出眼眶，眼前顿时成了迷迷蒙蒙的一片。我再一次深深地拥抱他，然后目送他一步步地走向登机门前。

七天的恋爱如此短暂，他走的每一步、他的每一次回首，我都听见了心在破碎时的清脆声。而我，只剩遗憾，没有埋怨……

“洁……”他突然转过身，大声喊我，“一年后，如果我们还有缘，我会在第一次相遇的地方等你的出现……”

“什么？”我急急地想听清楚。

“不管去哪里，都是三点过后的那一班‘莒光’号列车……”

这是一年前他给我的唯一承诺，我不知道自己对他的承诺有多少把握。不可否认的是，这成了我这一年来心底最深的牵挂，我几乎每一天都盼着他能谨记这个约定，在下一个春天来临的时刻，带来与我重逢的喜悦。

所以，我来了，搭上了和去年同一班次的列车，坐在靠窗的位子，心却随着火车的启动渐渐下沉。这时，身旁的空位有了震动的声息。我急切地转过头去，却被一位中年妇女臃肿的躯体遮住了视线。

我无法忍受这个结局，像是一种绝望的判决，宣判我这一年来的朝思暮想全成泡影。而他，伊藤俊彦，早成了别人的丈夫，在日本的温柔缱绻里，早已忘了我的身影。.

我无法克制地掩面哭泣，顾不了车上乘客投来的异样眼光。

“抱歉，你坐错位子了。”突然，有人说话了，像是对隔壁那位太太说的。

“擦擦眼泪吧！”我的眼前竟然出现了一块手帕。

我摇摇头，因为伤心是怎么都擦不去的……

“怎么哭了呢？我又没跟你抢窗口的位子坐。”

“别管我……”这话一出口，我顿时觉得他的话有蹊跷。

“别哭了，我带你去雪霸公园走走。”

我一抬头，竟看见伊藤俊彦深情款款的眼神。

“你？真的是你？”我以为是梦。

“乖，还哭什么？”说着，他的眼底也泛红了。

“可是，你刚刚说的是中文。”我糊涂了。

“为了见你，我退了婚约，还学了一年的中文。”

我们，竟真的在原地相逢。

春天的火车载着希望的梦，而我和他在对号快车里都有了位子坐。也许不会海枯石烂，也许不会天长地久，但是，我们知道，我们不会后悔这样爱过……

给兔小白的情书

亲爱的小白，因为你是你，所以我才是我。你是我脑海中缺少的那根弦，你是我的偏心眼儿偏向的方向。你是白色的绵羊，每晚只有数着你的名字我才能安然入睡。你是紫色的茄子，只要念起你的名字我就会忍不住微笑。你是我的阳光、风光和时光。你是唯有，便是所有。你是一切，但一切都不能代替你。

亲爱的小白，我的耳朵有点儿饿了，你的声音或许是某种食物。我的眼睛有点儿疼了，你的目光或许可以轻轻把它揉拭。我的四肢已经迷路了，你的注释或许是最美的灯塔。我的尾巴翘起来了，你的名字或许是它最大的骄傲。我的心跳越来越密集了，你的嘴巴或许可以道出它的恐慌。我的身体就要瘫倒了，你的依偎或许是最后的力量。

亲爱的小白，你问我爱是什么？我想，爱是为了静止而跳动的心。爱是废墟尚未变成废墟时的模样。爱是幻想，是一条鱼吻另一条鱼时涌起的一串气泡。爱是一只蝴蝶结，把原本平淡无奇的日子包裹得好像一份礼物。爱是一种独特的呼吸方式。爱是为喻体找到它的本体的旅程。爱是一阵微风吹过却唯独没有被吹醒的那双眼睛。爱是眼睛里开出的一朵花，世界从此缭乱。爱是两个病人之间的友谊——爱是一种疾病，唯一解救的方式，便是我们一起被感染。

亲爱的小白，因为那么执着地喜欢你，我才一点点努力地改掉自己身上所有的坏毛病。然而最后我发现，爱你其实才是我最大的毛病。而你知道吗？这个毛病最可怕的地方，是我根本不想改掉。

亲爱的小白，世界上有那么多片森林，每片森林里有那么多条岔道，每一条岔道都能带我们去一个未知的地点。因此，有的兔子可能你一生都不会遇上，但只有遇上了，才是真正的一生。如何能被你找到，是我一直在寻找的奇迹。

亲爱的小白，当我爱这个世界时，我希望所有的人都能和我一起来爱它。当我爱你时，我却希望全世界只有我一个人在爱你。你问我下辈子还想遇见你吗？我的答案是不想。因为我是一只自私的兔子，像遇见你这么美好的事情，我连下辈子的自己都不舍得分享。

亲爱的小白，爱当然不能当胡萝卜吃，但如果是和心爱的兔子一起的话，胡萝卜一定会变得格外好吃。爱不是食物，但爱和盐一样，是这世上最好的调味品。

亲爱的小白，时光正巧妙地对我们形成合围之势，或早或晚，我们总要投降的。但我唯一心存奢望的胜利是即便到了最后，我们也能携手同行。

亲爱的小白，你不知道现在的我是多么幸运。因为我曾想过，甚至不必与你同在，知道你是存在的，对我来说便足够了。你甚至不必知道我的存在，只要你的视线曾有一次掠过我的面庞时，有过一阵似有若无的犹豫——是的，只要你曾有过这一刹那的恍惚，我便觉得已经足够了。

亲爱的小白，这就是我正在做以及我想对你做的一切：我想牵着你，但不牵扯任何多余的是非；我想背着你，但不背着你做任何欺瞒你的事情；我想亲着你，但不亲吻所有其余的空气；我想靠着你，但不靠时间的允许我们也能走向永恒；我想抱着你，但不抱任何的目的。

亲爱的小白，我当然不是最好的，但为了你，我已经做到了最好的我。

亲爱的小白，我们曾在凌晨三点钟一起看昙花的开放；我们曾一起前往森林深处的禁忌之地探险；我们曾一起计算樱花落地的速度；我们曾一起为夜空中的许多星星取名字；我们曾呼吸着相同的空气，从相同的时光中走过……我们曾一起做过许多事情，最终，我们因爱所做的一切都将成为爱本身。

亲爱的小白，我想起你时，常常会不由得想起一片初夏的光景。我不知道是因为我和你的初遇恰好是在初夏，还是恋爱的气息本就和初夏的气息如此相近。记忆里那个夏天，樱桃好像怎么吃都吃不完，是因为总舍不得吃下第一口，也舍不得吃下最后一口。为什么我会那么喜欢夏天？因为我喜欢你时，你就是夏天。

亲爱的小白，我想冬天应该是最温暖的季节了，因为寒冷为我们创造了更多感受温暖的机会。天气每下降一摄氏度，我们的身体便会靠得更近一点儿。冬天会让一只兔子与另一只兔子依偎得更加紧密。我们可以一起在雪地上留下我们的小脚印；我们可以一起堆一个和你一样可爱的雪人。我想，这个冬天唯一的缺陷，大概是你如此温暖的笑容，又把这个世界的“温室效应”加重了一点点。

亲爱的小白，只要天空还在老地方，猫还喜欢吃鱼，你还能对我发脾气，那这世界就没什么大不了的。

亲爱的小白，这片森林变得越来越喧嚣了。吵闹的乌鸦不停地唱着难听的歌，喜鹊和夜莺却变得沉默。人类拿着砍刀冲进森林，到处都是伐木的声音，少了啄木鸟那亲切的聒噪声。喧闹里似乎只听得到喧闹，听不到真实的声音。所以，当我想聆听你的呼吸时，我会紧紧地捂住自己的耳朵。

亲爱的小白，我们的生命实在太短暂了，所以一定要抓紧时间去尽可能多的地方，玩尽可能多的游戏，拥有尽可能多的故事，领略尽可能多的风景，爱上尽可能唯一的彼此。

亲爱的小白，简约不是少，而是没有多余；足够也不是多，而是刚好有你在。

亲爱的小白，那些从来没有相爱过的兔子是不会真的死去的。未曾爱过，便未曾真的拥有过生命。在我们所能拥有的一切事物里，生命无疑是最珍贵的。恰如在所有能让我们分开的事物中，死亡是最美好的。

亲爱的小白，如果生命是一场寻宝之旅，我会在旅途的终点，把你拖到上帝面前说，我找到了这个。

来不及说我爱你

我，二十九岁。

此时的我坐在飞往花莲的飞机上。想起上一次离开花莲，已是七年前了，想不起来为什么要来，想不起来当初为什么要离开，也想不明白既然离开又为何回来？想着想着，我开始头痛起来，我已经熬了好几夜没有好好睡了。

此时，在三千多米的高空，万一飞机掉下来呢？为了提神，我只好做了这个假设。真掉就掉吧。我的精神一不好，就很容易什么事都无所谓。

我打了个哈欠，稍微伸了个懒腰，努力地想振作一下。此时，窗外的阳光很刺眼，刺得我眼睛都快睁不开了。突然想起来，那天的天气也是这样。

她老是喜欢和我唱反调。我怕热，她则喜欢在大热天找我打球；我喜欢看书，她却老拉着我往外跑，于是我和她的足迹踏遍了整个东海岸；我习惯早睡，她每次都半夜来按门铃……说起来，实在是相处不来，偏偏和她认识和相处了好多年。

她和我从小就认识，小学同班，中学同班。只有在高中时，她突然去念女校，我们才不再同班。那时候我才意识到，她是女孩子。她每天都和我一起上学，又特地等我一起放学。每次出校门。我都要很小心，担心她会突然从背后出现，然后吓我一跳。而且她每次都故意大声喧哗，惹得许多同学侧目。我觉得很丢脸，她却觉得很得意。真是和我唱反调到极点。

但是，我又不敢骂她，因为我们两家大人平常互相往来，热络得很。她妈妈简直就把我当儿子看待，而我妈妈对她也比对自己的女儿还要好。两家人一聊在一起，简直就像亲家一样。

曾经有一次，我不小心弄哭了她，结果我爸爸竟要我安慰到她不哭了才准我进家门。但她偏偏是固执的性子，决定的事从不更改。我便只能乖乖地等她自认为哭够了，肯停止了，才向我爸报备，获准进家门。

大概是因为她的个性，于是，她从来不拿第二名。从小到大，她的奖状多得比我的毕业纪念册还厚。而我唯一拿过的奖状，是德育优良奖。我上台领奖那次，她比我还要高兴，不停地称赞我，让我第一次有了飘飘然的感觉。虽然那一次，我拿了倒数第三名的成绩。

老师见我和她整天都混在一起，不禁纳闷儿她怎么没有将我潜移默化。真是很奇怪，我们两个谁也没有影响谁，她没有使我优秀，我也没有害她堕落。两个极端的人在一起反而没事，我不禁怀疑起所谓的“近朱者赤，近墨者黑”来。

上了初中后，多了些新课程，她怕我不会而天天都到我家来教我功课。乐得我妈妈天天都准备点心，留好的给她吃。说什么“良马配良饲”。劣马本来要任其自生自灭的，但看在我是她儿子的分儿上才多给我准备一份。但她每次吃点心时，都抢先把普通的一份先吃掉，刻意要留精美的那一份给我。

想想也真奇怪，她和我一样在鬼混，却比我会玩儿。她并没有刻意地看书，却总是能考得很好。我不禁怀疑我的天分是不是很差？所有的科目中，唯一能比她强的，大概只有语文吧？

每次一谈到这里，我总是得意扬扬地炫耀，她却只是笑笑。于是，我不禁有点儿得意不起来，毕竟我其他的科目一塌糊涂。

她长得真的很漂亮，唯一不解风情的大概只有我吧？她爽朗活泼的性格几乎男同学都很喜欢，常常看到有男生满脸通红，害羞地对她表白，也常常看到有人传信给她。只是从来也没看她和谁交往。而我也没有因为她天天和我上下学被男生认为是公敌，因为根本没有人相信她会喜欢我。大家都单纯地认为我们只是邻居，青梅竹马罢了。

于是，偶尔也会有人找我传信给她或帮忙约她。只是，每当拿信给她时，她都只是面无表情地收下，从不询问。我问她，你都不回信吗？她只是若有责怪地看着我，我也只好默不作声。

一直到中学毕业颁奖时，她多了一个特别表扬奖，我才发现她在作文比赛中拿了第一名。

老师询问她，为何语文考试都空着几题不做，我这才发现她是故意让着我的。

上高中后，大约是转了性，我开始用功起来。少了她同班级好像少了什么似的，那时候，心里反而落得清静。其实，除了每天校门口会被她拦截以外，我也并不是讨厌她，只是当我每次面对她时，总会有一种害怕的感觉。当时，我也不懂得那害怕的感觉是什么。

我的死党们都莫名其妙地变成了她的朋友，整天老问东问西的。诸如，她有没有男朋友呀，喜欢些什么呀，喜欢做什么运动呀，等等，没完没了。

有一年，她过生日，我的死党们都起哄要帮她过生日，要求我一定也要帮忙，并规定我也得准备礼物。我想了想，这么多年了，每年她都会准备礼物送我的，我是该送个东西给她了。于是，我第一次送她一条贝壳项链。她当时感动得一塌糊涂，我的死党们看了，个个都脸色大变，争先恐后地交出礼物，期望能获得她的青睐。谁知，她只是高兴地笑着声说“谢谢”而已。

这时的我似乎一下子变成了公敌，众人充满怨恨的眼光都齐刷刷地射向我，喊道：“不会吧？”她突然害羞地点头。

大家面面相觑，垂头丧气地闷在那儿。而我听了，更是心跳加速，不相信这是真的。

机舱外的阳光太刺眼了，我不禁痛得流出泪来，我拿起手帕擦了擦眼泪。低头看了一下时间，飞机也快到花莲了。什么时候花莲竟离我这么远呢？如同我远去的记忆，随着岁月，也一点一滴地消失不见了。

飞机伴随着嗡嗡声快速前进，犹如我曾经拥有的那一段回忆，正快速地被埋葬在云雾下。

那是她初次主动对我表白，也是唯一一次。表白事件过后就是联考，再加上我刻意躲她，于是她找不到我，我更是碰不见她。她也没有打电话来我家问，反而是和我的死党们都有联络，总是会问及我的近况。死党对我的做法很不理解，认为我太不够意思，要求我联考后一定得找她谈清楚。我只好唯唯诺诺地点头答应。

不幸的是，我落榜了。

除了语文成绩是高标外，其余科目的成绩几乎连低标的边儿都沾不上。大概是那次发现她在让着我受到刺激了吧，整个高中三年，我其他的科目得过且过，只有语文是下了苦功去读的。

看了看成绩单，我不禁有些得意，又有些丧气。心中想着，不知道她考得怎么样呢？一定考得很好吧，凭她的实力，任何一所大学应该都没有问题。

落榜的我决定上北部的补习班，把其余科目的基础打好。一切都办妥后，妈妈突然要我去她家探望一下，我低声答应。但想着暂时没有见她的打算，面对她时不知道要说什么，还不如不见。而且，我落榜了。尽管她不会笑话我，但我该为自己负责。

于是，我连死党们也没有通知，就一个人去北部复习了。

飞机逐渐地下降，感觉耳压减轻了不少。从窗外可以清楚地看见海岸线。北上、南下、南下，再北上。我的日子什么时候像是空中飞人一样，在西海岸那端追寻着茫茫不可知的未来。得到了些什么，又错过了些什么。

到台北时，已经是傍晚了。出机场时，外面正下着雨。我背着简单的行李与一身的寂寞，告诉自己，从此我得在这里拼搏一年。没有朋友，没有她，没有家人。陪伴我的只有厚厚的参考书和几件单薄的衣服。还有她怕我赖床而送给我的时钟，她送我的手表，她送的项链，她送的毛衣……她送给我的许许多多的生日礼物。

我拦了辆出租车，掏出了妈妈给我的地址，去投奔一位阿姨。

傍晚的台北，满是车潮与人流。默默地看着灯光闪烁，我想起花莲港一闪一闪的灯塔。

车子穿梭在车阵中，耳中满是跳表的哔哔声，不禁想干脆回花莲去。

不行！就这样回去铁定被笑死。还让她再天天来我家教我功课吗？劣马！

我不能永远是劣马。

“先生，到了。”蓦然，一个声音打破了我的沉思，把我从不安的心情中唤醒。我掏出钱给司机，下车后，看见一间间房子密密麻麻地排列着。我深吸了口气，按照地址找到了阿姨家。确认没错后，我按了门铃。抬头望望天色，黑暗已包围了我。

“来了，来了，哪位呀？”一个女子的声音从门后传来。

一打开门，阿姨先愣了一下，再三辨认后突然抱着我哭了起来。我挣脱也不是，让她继续抱着也不是。想不到是这位阿姨，她是妈妈的好姊妹中最爱哭的一个。她可是说哭就能哭、说笑就能笑的。从小到大，我最怕的就是这个阿姨，她一哭，我就没辙了。

整理好了一切之后，姨丈带我去台北市逛了一圈，认了一下去往补习班的路。晚上打了一个电话给家报平安，和妈妈说了几句话后，便听妈妈絮絮不休的，要我听阿姨的话，在生活上打扰了人家，要多跟人家谢谢。当我将电话转交给阿姨时，听见阿姨又哭了起来。我转过身去，摇摇头。妈妈多话，阿姨多泪。另一个住高雄的阿姨据说自己开公司；还有一个阿姨住国外，很会念书，嫁了个有钱的老公……妈妈的朋友们，真是各有各的特色呀！

深夜的窗外，灯光耀眼，闪烁不停。像是从北滨往外海看，船只飘摇的样子。我默辨了一下方向，花莲大概在那边吧？我对星空许了愿，希望自己第二年能考上好学校。

一转眼，我看见闹钟上小熊的眼睛一亮一亮的，突然想给她打电话。但，又何必呢？我落榜正需要时间重新开始，而她将要面对新的生活。我想，我没必要打扰她。

高四生涯，习惯慢吞吞处理事情的我也变得快节奏起来。台北市繁华的景象，错综复杂的道路，让我常常迷路。于是，我也习惯了自己找回家的路。打电话问阿姨，得先等她哭完。那时候天也黑了。刚开始，真的不习惯。花莲市的路不多，但对那时候还是小孩子的我们来说，一公里就要走上一天了。记得有一次和她贪玩迷路了，在花莲市的某条街，她牵着我的手，沿路向许多大人问路，很费劲才走回家。

突然，傍晚又下起雨，桌灯亮着，映在窗上。看着窗外下个不停的雨，我想起花莲，想起迷路的夜晚，想起她牵着我的手，想起她害羞地点头，也想起她教我功课时那头头是道的样子……

过年时回到花莲，和爸妈一起去她家拜年。可是，没有看到她，我不禁感到奇怪。下午，死党们过来找我，我差点儿被众人围殴。几个人围过来，又抱又叫又笑，恨恨地兴师问罪起来。

谈起早上去她家拜年，他们的脸色才稍微好一点儿。

死党雄似乎累积了许久的怨气，说道："你小子总算回来了，你去探过她，那就算了。"

"她？什么呀？讲话神秘兮兮的。"我笑道。

"什么事？怎么我不知道？"平平讶异地说。

雄狠狠地瞪了他一眼，平平立刻不作声了。我拉住平平要他说，可是雄拉开他，说没什么。我不禁着急起来，拉住雄，问她究竟怎么了。

最后，雄要我自己去问她妈妈。大年初二，我起了个大早，急急忙忙往她家去。我不停地按门铃，却没有人来开门。我气急败坏地踹了两下门，最后没办法，回家去问妈妈。妈妈也是吞吞吐吐了半天，还是不肯告诉我。我一气之下去了平平家，非要问个清楚。偏偏平平也和他妈妈回乡下奶奶家去了，我只好去找雄。我憔悴地站在雄家的门外，焦急地按着门铃。雄满脸困意地开了门，看见我的样子，吓得醒了一半。

"你快告诉我，她怎么了？"

雄犹豫了半天，我气得往他家的门踹了一下。他最后没办法，拿给我一个地址，告诉我，不准说是他给的，然后取了块抹布小心地擦门。我看了

看，那是台东某家医院的地址。

我道了声谢就往外冲，突然又跑回他家，问：“台东怎么去？你带我去。”

他愣在那儿，抹布掉在地上，嘴巴张得大大的：“给你地址我都很怕她责怪我了，还要我带你去？她好好的时候你怎么不关心一下，一定要她生病了，你才肯回头看一下吗？”

雄怒气冲冲地说，我的眼睛越瞪越大，雄才发现说漏了嘴。他无奈地蹲在地上，叹了口气：“她生病了，我们几乎每个星期都抽空去看她。她憔悴了好多，瘦了好多。你呀！没良心的！你一直没消息回来，她每次都问起你，我们只好说你变得用功了，成绩进步了。她很高兴，她真的很高兴。我们只要能看她高兴，我们就够了，够了。”雄站起来，说：“好，你要去，我就带你去。”

雄骑着他的追风，带着我飙在台九公路上。寒风从袖口灌进来，但我一点儿也不觉得冷。只觉得脑门中嗡嗡作响。两个半钟头后，到了台东。在一所疗养院前，雄突然停住了。我顺着他的眼光看去，正看见她，她正和许多病人一起聊天，有许多小孩围在她的身边，一副欢乐的样子。她真的憔悴了好多，瘦得不像样了。可是她的笑容好自信，好灿烂。我不解地看着雄。

“她，得了癌症。”雄眼眶红红地说，“但她还能够把欢笑带给大家，我佩服她佩服得不得了。她看起来简直就像健康人一样，她很漂亮，又有爱心，美丽又温柔。但她偏偏得了癌症，癌症呀！她不准我们告诉你，怕害你分心，无法专心读书。看！她多善良，她多爱你呀！”

我听了，傻傻地站在那儿。突然，许多回忆袭上了心头，她的好，她的真，以及给我的一切回忆。我的脑子像被抽空了一样，嗡嗡地响个不停，东海岸、南滨、北滨、七星潭、八仙洞、鲤鱼潭、台东……一个个片段，犹如静止了一样。我脑海中的印象突然醒目起来，心头涌起一股刺痛。我再也忍不住，含泪地站在她面前。

她吃了一惊，晶莹的眼眸中也滴下了泪，她转身就往病房跑去。我站在病房外，不断地敲门，但是她终于没有开门。雄过来拉住我，劝我走。我终于站起来，和雄离开了台东。但她在门后隐隐啜泣的声音，始终萦绕在我的心头。

我回来了，花莲。我在她的墓前，轻轻地放上一束鲜花，犹如她也这样轻轻地爱我一样。我告诉她，我不再笨了。我考上了医学院，并且当上了医生。她帮助我重生，带给我受挫不折的勇气，但我始终来不及对她说一句：我爱你。

爱情包裹里，是我们最美好的曾经

Chapter 2

它只会在最疼的地方扎上一针。

然后我们欲哭无泪。

我们辗转反侧。

我们久病成医。

我们百炼成钢。

——辛夷坞《致我们终将逝去的青春》

爱情包裹

一

你从白沙湾寄回了一个包裹，我在拆封时一直挣扎着。你与我的爱情，如今到底……

认识阿宝是在多雨港都的一次旅行。

那时候，我一个人开着车去宜兰，旅行途中刚好经过基隆。阿宝在基隆庙口的夜市摆摊。我并没有什么独特的形容词可以形容她，因为她跟基隆的辣妹一比，就显得逊色多了！可是，她有着不同于庙口辣妹的味道，至少，我觉得她是比较朴实的、认真的。

第一次看见她是在我刚抵达基隆的雨夜，虽然只是飘着毛毛雨，可是我怎么也提不起兴致，也许是这一天高速公路堵车的关系吧！到了酒店后，我便泡了个热水澡，以消除旅途的疲劳。

我住的饭店是可以一眼就看到基隆港的，只要透过一道窗口，就是基隆港。酒店的冷气温度低，我便打开窗，让外面的热空气流通进来。这个城市到了晚上的时候，其实很美，因为在这里我听不到吵闹的车声，没有摩托车大队地呼啸而过，也没有聒噪的喇叭声，更没有鼎沸的人声，也许，是港都多雨的缘故。

曾经，我们都以为自己可以为爱情死。

其实，死不了人。

二

离开酒店，我一步步地走向喧哗的闹市区，这时竟下起雨来。而我总有种若有所失的感觉，很像雨点打在镜面那种悄悄然的感觉，没有声音与反应。

穿过长长的街，到了基隆著名的夜市。可能是一路上还没有吃过东西，我的鼻子灵敏地嗅到了一种微微的油腻味，又让人觉得是悠香和自然。虽然我不是美食专家，但觉得这味道给人的感觉是一种幸福。

“小姐，来一份水煎包。”我说，“这里的水煎包有一种难以形容的味道，很香但不腻。”

“嗯。”她给了我一个甜美的笑容，“您的水煎包，一共是三十块钱。”

水煎包就像是我初次见到的她一般，简单又令人着迷。她没有多余的粉妆，也没有迷人的外形，只一件简单的T恤加蓝色牛仔裤，散发着朴实的味道。

这就是她，阿宝。今年22岁，专科毕业，已婚。

我恣意地游走在基隆庙口的各个摊贩之间，这里除了美味之外，美女也不少。这里有太多浮华的都市男女。彩妆之下，人们看不到彼此真切自然的一面，人心也愈来愈冷漠，彼此难以琢磨。眼前的一切都被现代化的发展所改变，乡下的气氛已经很难找到，这里除了喧闹，什么也没有。

三

雨下得愈来愈大了，可是人潮似乎一点儿也没有减少，这或许是素有雨都之名的基隆另一大特色吧。我迈着缓慢的步伐，走在人潮汹涌的街道上，所有的摊贩都围成了“口”字形。这里明显是经过规划的，小吃摊与饰品摊被分隔在两个不同的方向，井然有序。就这样，我在庙口夜市绕行了一圈。

也许是旅途劳累，才十二点多，便有一阵困意袭来。可是，就在这个时候，我又闻到了那种幸福的味道，立刻稍稍振奋了精神。

“小姐，麻烦再给我一份水煎包。”

“呵。”她依然是点点头，给了我一个微笑。

“都这么晚了，还在做生意啊？”

“对啊！讨生活。”她手脚麻利地把刚出炉的水煎包装进了纸袋里，说，“先生，您的水煎包，一共是三十块钱。”

我左手接过了那一袋刚做好的水煎包，右手递上了一张一百元钞票。

“不用找我了，谢谢！”她还来不及反应，我已经先消失在人群中。我想，她看见我背影消失的那一刻，一定讶异着什么吧！

“幸福的感觉。”我在回饭店的路上反复地告诉自己，“真的很幸福！”

四

有一种想念是寂寞的。

那一年冬天，阳光透过百叶窗洒满了床沿，阿宝从远方捎来了一封信。

我们都知道，那一年不可能重来。

也许是冬天的气温太低吧，我只愿多待在棉被里。至少，这一刻，我的感觉仍是温暖的。

梦里，我仿佛看到回忆变成一张张照片正在回放，我看到自己与阿宝还在熄了灯火的垦丁小木屋里，我叙说着她还未曾了解的地方，而她则一直专注地看着我。

“你看看这张，这张是在鹅銮鼻。”

“还有这张，是垦丁的灯塔，夜里的时候，往外海一望，你一定会觉得世界是如此宽广。”

“还有这一张，这张你一定比较熟悉，这是龟山岛，远远看去，会发觉其实它驮伏着的模样很像一只大海龟。像这样……”我在床上做了曲着身体缩四肢的动作。

她笑了，而且，笑得很灿烂。

“真希望能多跟你在一起！”我转到阿宝的身后，紧紧地环住她的腰，轻声地说。

“嗯……”她没有多说话，只是这“嗯”的一声，空气似乎凝结了。那一刻，爱情的热焰透过肢体传达给彼此，也温暖着我们冰冷的心灵。

五

“幸福的感觉可以延续吗？”清晨，一觉醒来，我这么问自己。

桌子上还摆着昨夜买回来的水煎包。梳洗完毕后，我从冰箱里拿出牛奶，搭配水煎包，咀嚼着昨夜曾有的幸福感觉。虽然水煎包已经凉了，可是味道并没有改变多少，只不过多了一点冷冷的空气和昨夜的余香。

记得朋友说过，隔夜茶没有刚沏好再稍稍冷了一下的茶的味道好，可是还有昨夜残余的茶香，带着淡淡的苦涩，虽然不深刻，但是隽永。

现在，我很难记得阿宝的模样了。毕竟我才见过她两次面，一切都比较生疏，没有太深的印象。我像一个幼小的婴孩，只能用小小的视野去回忆我们走过的地方。

我所能记得的，大概只是她绑着马尾，认真做生意的模样，还有那淡淡的幸福。

吃完早餐后，我驱车离开基隆。该是去往下一个目的地的时候了！

车一路开过滨海公路，右边是山，左边是海。原来山与海的距离，竟是如此近。而那位卖水煎包的年轻女子之于我呢？那幸福的感觉之于寂寞呢？

我知道自己已经踏上一条充满危险的道路，随时都有翻覆落海的危险，如同她与我之间那段不可能的爱情。

六

“跟我一起走好吗？我们一起离开这里，远离局限你的世界！你该知道，你的婚姻其实是……”我坚定地凝视着阿宝。

“不！不要再说了。我不能这样对他，这是不可以也不被允许的。”阿宝突然挣脱了我的怀抱，眼里泛着泪光，“我们结束吧，好吗？我求你，不要再说了！”

“阿宝，两年了，我们已经辛苦地爱了整整两年了，难道就要这样放弃？”

“不！不要！求你不要再说了！我求求你！”阿宝已经歇斯底里了，她像惊慌失措的小孩，窝在棉被里，躲到了墙角，一个人瑟缩地颤抖起来。

“为什么不说？难道我们要一辈子都像现在这样吗？”我也忍不住怒吼起来。

“不！我不要！我不要在他和你的眼中，变成不守妇道的女人。我已经努力维持那么久，虽然辛苦，可是我不要你们这么认为，求你不要逼我。”阿宝哽咽得说不出话来。

“那我们呢？我们的爱呢……”我几乎绝望了。

周围的温度似乎突然下降到冰点，我与阿宝再也没有多说任何一句话。

空气中除了急躁的呼吸以及抽搐的哭泣声，还有阿宝不停的低声哀求声。

七

车辗转开过宜兰，到了罗东镇。

我总会不由得想起一个人，这样的想念无关乎其他，只是一种感觉，就像庙口的水煎包。轻启唇齿，咬上一口，熟悉的感觉便会一股脑儿地蔓延开来！我的脑海里一直在想自己是否错过了幸福，抑或是幸福已经从我的身边溜走。

酒店的冷气似乎还是和以前一样冷，我的旅程依然没有改变，可是我有着深深的失落。

夜里的罗东镇很安静，街道上并没有多少人，除了火车缓缓地驶入站口，铁轨与车轮之间的摩擦发出明显的声响与火花外，我猜，大概只有我孤独的身影和这辆刚兜完圈的吉普车了。

回到房间，我打开窗，让空气流动进来。所有的画面与动作竟是如此熟悉，仿佛都发生过。

我躺在床上点了一支烟，一声长长的叹息……

“该回去找她吗？”我问自己，“她会是我的未来吗？抑或她只是过去的一个影子？”

尽管时光流逝，尽管只有我还停留在过去，那未来呢？会是我所能负担的吗？还是我已无法触及了？现在的我，所能掌握的又有什么？

我吐出一缕白烟，但很快，它引走了我的思绪，眼前的迷雾消失在空气中。

八

亲爱的，夜将醒了，可惜我无法陪你看日出。

因为我将在你醒来之前，先到达你无法触及的地方。

阳光依然会在我们的心中留下温暖，且让我将此刻留在记忆里。

会有那么一天，你我将回首细看，

爱情，如潮水般涌来。

清晨醒来，我在枕边发现了阿宝的留言。她走了，没有留下更多的信息，除了外套上那股淡淡的清香和梳妆台前断落的、我曾梳过的发丝……

我的梦里仿佛还有那么一幕，阿宝在离开的时候，还回头凝望着我，说着：“因为爱你，所以我必须离开。请原谅我……”

她离开小木屋时，窗外一定下着雨吧！她小巧的身躯快速地踩过沙滩上的每一粒沙，她一定是迈着艰难又沉重的步伐吧！而我昨日与她堆起的沙堡，已经被海潮侵蚀颓圮了。海将我们隔向两个不同的方向，一边是海，另一边已成沙。所有的交集只剩记忆的海湾，任由海水拍击沙岸。

“还会再遇见她吗？海水还如昨日平静？”

“还会再遇见她吗？基隆港的天空还飘着小雨？”

“还会再遇见她吗？一切都已是我的梦境？”

九

亲爱的，我将在你离去之后，检视多少爱情的分裂。

多年之后，我在秋末冬初的时候，收到了从白沙湾寄来的包裹。包裹里附有一张留言，上面说这是一个女子所写的信以及她希望转交的包裹。我在毫无防备的情况下拆开了包裹，包裹里有一封署名给我的信，上面有熟悉的字迹；一罐沙，让海潮侵蚀了多年，未曾风干的、潮湿的沙。

亲爱的，小宝刚出生没多久，我便带着她到了我们曾经相爱的地方。

我知道她是懂得，因为她不哭不闹，只是静静地看着海，很像你当年专注的模样。我知道，你也会懂得。那曾是属于我们的爱情……

我再度开着车子到了基隆，这一次，驾驶座旁的位子依然是空的，除了后车座上那个才四岁大，喜欢倒在我怀里哭泣、撒娇的小宝……

我再次来到了喧扰的基隆庙口。小宝似乎也是懂的，当初她妈妈飞出车外时，是多么勇敢地将她紧紧抱入怀中，虽然小宝只是一个劲儿地哭！但我知道她是懂的。

“乖，亲爱的，不哭不哭。爸爸疼你……”

我的泪在此刻禁不住也流了下来。也许是回到相遇的老地方；也许因为想起了阿宝，想起了她当初的模样，想起我曾经犯下的错；也许因为小宝太像她妈妈了，甚至连哭闹的样子都是那么神似。

所以，那一天，在我们的争执不下，妥协之后……

好好地封藏彼此内心的这一段记忆吧！品味生命像是品味一杯咖啡，总要有些苦涩和缺憾，才能在银汤匙搅动香醇完美的那一刻，飘逸出淡淡的香。

我将那罐未曾风干、潮湿了很久的沙倒了出来。阳光曾是如此温暖我们的爱情，多年以后的今天，依然如此！就让记忆变成一把永不褪色的银汤匙吧！不断地搅动那曾经潮湿了许多年的——爱情。

亲爱的，我将在你离去之后，检视多少爱情的分裂。

亲爱的，我将在时光老去之后，回想多少爱情的体验。

两小无猜

“我梦到，世界末日的时候，我们是会飞的。”

收信人：青君

地址：××省，××市，长安路，枫树街213号

在近十年里，连邮递员叔叔都察觉到了。在他骑摩托车穿街过巷的无数日子里，有一个地方他会固定去，但说起来也不是最常去的那一个，一年中有四五次，但这十年里，从未间断过。有时候，他递过去的是一封很薄的信；有时候是一张自然色彩的明信片，明信片上的所有内容为收信人青君及其地址。

使得邮递员叔叔印象如此深刻的原因还有另外一个。就是近几年，由于经济繁荣和社会建设，几乎整条枫树街都换了新面貌，像青君家那样保留着的旧式房子已经所剩无几。他家的小庭院里那棵生长了十几年的枫树，虽然会在经历寒霜风雪时摇曳着红的、黄的、枯的叶片，缓缓降落在地， 却不

曾倒下。

曾经有一次，邮递员叔叔问青君：“冒昧地问一句，小伙儿，这寄件人应该不是你的远房亲戚吧？”青君尴尬地笑：“其实，我也一直不知道她是谁。”

青君盯着手中的明信片，画面是辽阔的大草原被一层柔和的红色夕阳覆盖着。青君看过寄信人的文字，字迹和文笔也都像夕阳般，柔柔的、暖暖的，还略带点儿沧桑的韵味。青君坚信她是个姑娘，一个有灵气的姑娘。

这个神秘的姑娘，十年来的寄信人，刚刚把一张明信片投入信箱。她一路散步回去，踏着夕阳的余晖，望着远处未知的定点，带着一脸的茫然和释然，轻颦浅笑。想着这些年寄出去的信和明信片，他都收到了没有。如果他收到了，他是怎样的心情呢；如果他没有收到，虽然失落，但还是会一如既往地给他寄过去。这个习惯，已逐渐成了星珊的精神寄托。毕竟她无亲无故，一个人活着太孤独了，她希望有一个人跟她分享自己的多愁善感，而且那个人是她在这个世界上最心爱的人。

一如往常，星珊在天黑之前回到小茶馆。这是一座木制的阁楼，早上做茶市，下午休息，到了晚上，会有一些时间充裕且稍有消费能力的人来这里闲坐、品咖啡、聊天。茶馆较清闲的时候，星珊常常望着木桌边人走茶凉，难免会陷入缠缠绵绵的感慨中，不由自主地在脑海里勾勒出她所经历的过往的画面。就是在这样一种满怀伤感的情绪中，星珊握起笔在本子上写出细腻的几行字。这些一横一竖躺在本子上的文字，只要看起来够豁然，就有幸被星珊撕下、折叠、小心翼翼地装进信封，寄给青君。她总是避免把太悲伤的情绪寄给青君，因为青君是她最爱的人，她的爱总是那么小心翼翼。

后来，星珊接到一个陌生的来电。一个陌生的声音说："你好，我是青君。"

星珊握住话筒，迟迟未说话，最后她以一声"哦"开了口，声音微微颤抖。显然，在此之前，她还不能确定是不是真的会有这一刻。星珊已经辨认不出青君的声音了，十年里，他的声音变得浑厚了许多。其实，他的样子也随着岁月的推移变得成熟了许多，只不过星珊还没来得及意识到这一点。

她继续听电话那头传来的声音："我一直都收到了你的来信，可是，请问……"青君无意识地拖长了"问"的尾音，却不好意思接着问下去。在知道自己没有猜错对方是个姑娘的时候，青君已经有些许莫名的兴奋，面对给自己写了多年书信的姑娘，自己却说不出她的名字，他想，姑娘肯定会很失落。又由于他那终究掩饰不住的好奇心，便脱口而出一句"请问"。电话的另一头，星珊更是用力地握紧了听筒，此时的她站在窗边，灯光与黑夜如海洋般在她的眼里闪成了一点一点朦朦胧胧的光晕。她尽量缓和着声音，说："嗯……我是星珊。"

"星珊？"青君努力地回忆名字里有"星"字或"珊"字的朋友和亲人。

"小珊……你是小珊吗？"

"是的，我是小珊。你……记起我了吗？"

"嗯，我记得……"青君当然不会忘记，他永远不会忘记十几年前搬到他家隔壁的邻居，他的青梅竹马——星珊。

童年时代的青君和星珊是邻居，也是同学。那时候，星珊跟奶奶两人一起生活，她的父母长期在外打工，一年到头与星珊的唯一联系只有寄钱。父母把钱寄回来给奶奶，供祖孙俩的生活以及星珊学业。为了让星珊能与青君结伴去上学，星珊接受学校教育的时间比其他孩子提早了两年，也就是说，青君比星珊大两岁 。

青君还记得，他第一次问星珊“你叫什么名字”时，星珊望着他时天真无邪的笑容，她清澈如水的眼睛，她干净甜美的嗓音。

她说：“我叫小珊。”

“小珊你好，我叫青君。”

“小珊”是奶奶这样喊星珊的，后来青君也这样喊她。即便上学后知道了原来小珊的全名叫星珊，他也没有改口喊她的全名。因为全世界只有他和奶奶喊她小珊，青君觉得这样有亲人的味道，而且是独一无二。

慈祥的奶奶很博学，她教星珊如何培土、种树。有一次，青君和星珊在青君家刨了一个洞，种下了他们的第一棵小枫树。奶奶让他们不要经常给小树苗浇水，不然它长得不强壮。那时的他们还只是小孩，哪里管得了这些道理，每天放学后都要偷偷地给小枫树浇上哪怕一点点水。他们享受这种栽培生命的乐趣，尤其是青君，他喜欢跟星珊在一起。每次看着眼前这个可爱开朗的女孩，他的心就像被含在嘴里的棉花糖，温热到溶化。

为了能争取更多跟星珊腻在一起的时间，青君决定带着星珊走过整条长长的枫树街，到街上每一个可以游玩的角落。街头的石凳，街尾尽头的小井，长着青苔的石阶……他们走着，坐着，说着，笑着……夕阳剪出两个孩子美美的剪影。但那时候的他们还不知道，夕阳能如此美。

青君也依然清晰地记得，大概在小学四年级的时候，他每天放学后和星珊一起，准时守在电视机前看动画片的时光。

他们最喜欢的一部动画片叫《飘零雪》，讲的是小女孩小兰被送到大山里，跟牧人爷爷一起生活的故事。在那座大山里很少有树，经常看到的是一大片绿草如茵。到了冬天，就纷纷扬扬地飘起了雪，到处一片白色。青君和星珊都十分向往他们悠游自在又充满情趣的生活。无论是寒冬的早晨，爷爷用火炕给小兰烤的热烘烘、香喷喷的面包，还是夜晚小兰从小木房的窗口望见的充满梦幻色彩的夜空；无论是小兰与牧童阿郎一起躺着吹风又起来奔跑着追逐的草地，还是清晨梦醒后能够听到的清脆鸟声……

自由而不寂寞。宁静孤独而欢乐。

在《飘零雪》大结局那年的春夏之际，青君与星珊去了野营。由于怕家人担心，他们只去了离城里很近的郊区。那里有一片草坪，草坪中间有个小湖，湖边长着一棵不知名的树，他们就坐在树荫下。青君玩儿起了捏泥巴。星珊穿着一条白色的碎花裙，怕弄脏了，就没有跟着捏泥巴，她四处采花，然后摆弄着他们的午餐——竹筒蒸饭。这是星珊奶奶的拿手菜，还有两碗清汤，也是奶奶一大早起来准备的。星珊逐样把它们从保温盒里捧出来，摆好。保温盒的最底层，放着奶奶前一晚亲手做的红豆糕，这是青君自认识星珊后最爱吃的甜品。

在午饭前，青君把刚刚捏好的作品展示给星珊看。

“小珊，你看！我为你捏的城堡。”青君转过身，一座“泥巴城”映入眼帘。城里有宫殿，有花园，有大大的草地，城外还有高高的围墙。

“好严实的城堡呀，可是，为什么送给我呢？”小珊又惊喜又疑惑。

“这样可以保护你。”青君说这句话的时候，整个人看起来变得很深沉，他微微扬起的嘴角透露出一些想法。星珊的父母不在她身边，她在学校被人欺负，都是青君替她出头。她曾告诉青君，晚上睡觉的时候，尽管握住奶奶的手，还是会做噩梦。梦见大灰狼闯进她的房间里，把奶奶吃掉了。它虎视眈眈，锋利的牙齿上还滴着鲜红的血。在每个被噩梦惊醒的夜里，星珊都全身冒汗，当她看到安详地躺在身旁的奶奶并听到她清晰的呼吸声时，心跳才渐渐平静下来。给星珊建一座城，就算外面有成群的狼都不怕了。青君是这样想的。

“我可以在里面养小狗吗？还有你平时最喜欢逗着玩儿的金鱼，还有会唱歌的鸟儿和会跳舞的松鼠，还有……”星珊一边细数着，一边围着“泥巴城”走了一圈，脸上露出和以往一样天真无邪的笑容，神色里充满了向往。青君幻想的念头也被燃烧起来。他说：“还要在城里种满一整片的枫树林，我们骑着马在漫天飞舞的落叶中穿梭，跟小鹿赛跑！”

“好，我会把我的小马训练得比你的快！”

“好啊，等着看咯！哈哈……”多么美好的城堡啊！青君再把目光投在小珊欣喜的脸上，青君心里暗暗幻想着，如果真的可以当她的国王……

野营的午饭过后，他们期待着“泥巴城”快点儿干透。小孩子就是喜欢为自己的小小成就而欣喜若狂，尽管最后他们什么都不能带走，但至少见证过两个人最真的梦。

青君说：“我带了口琴，把《天空之城》吹给你听。”

小珊安静地听着，感受那吹动着的头发和裙摆的风。风又抚过了青君的脸，他认真的样子很好看。青君也很陶醉，陶醉在自己的口琴声中，陶醉在星珊的聆听中。

突如其来的雷雨打破了他们沉醉的氛围，青君迅速地拉起星珊的手跑到不远处，刚好那里有一间旧房子，没人住但关着门。他们并肩坐在门檐下，躲过这一场下得无奈的暴雨。

玩儿了一上午的星珊大概太累了，很快就挨着青君的肩膀睡着了。青君还醒着，他侧过脸来能闻到星珊的发香。他一边轻轻抹去刚才在雨中奔跑时散落到星珊头发上的小水珠，望着前方正被大雨哗啦啦冲毁的“泥巴城”，一边在心里默念：总有一天，我会为星珊建一座真正的城堡，一座陪伴她、守护她终生的城堡。

两个人快乐的时光一直延续着，直到星珊15岁。那是一个黄昏，放学后，星珊没有跟青君一起回家。她预感家里发生了不祥的事，想赶紧回家看看。

然而天意弄人，她在回家的路上居然看见了青君，他牵着一个女生的手。他们走在前面，夕阳勾勒出他们优美的轮廓。星珊无暇欣赏眼前尽美的一幅画面，她绕过另一条街，终于在天黑前回到家中。可惜没来得及见奶奶最后一面。

外面的天空还伴着夕阳余晖，屋里的天却塌下来了，星珊心里也暗下来了。她没有去找青君，而是自己躲在房间角落里哭了一夜，不知道是因为无力，还是无望……

“后来呢？后来你去了哪里呢？”刚刚听说奶奶去世的青君追问着。

“去了南方，去找我爸爸妈妈。爸爸以前的工友是个善良的叔叔，他告诉我，我的爸爸去当矿工很久了，不幸身亡。后来都是叔叔给我和奶奶寄的生活费，于是我就留在他那里了。”

星珊还告诉青君，有时候她在那个叔叔的小茶馆里待得太久了，就拿着自己在茶馆打工的积蓄出去旅游一趟。她到过很多大草原，因为草原的辽阔更能让她真切地感受到自己的渺小与孤寂。她喜欢这种自然的真实感。旅途中有好看的风景，星珊都用相机记录下来了。拍得特别有触感的画面，星珊就把它们做成明信片，都寄给了青君。

星珊没有告诉青君，她想跟他分享所有她喜欢的东西，因为青君是她最爱的人。

那种感觉就像青君小时候想跟星珊天天黏在一起一样。

然而，一切都是阴差阳错。如果让青君解释那天为什么没有去找星珊放学，他也不知道怎么开口。因为那个女生要求青君送的生日礼物就是和她牵着手回家，青君答应那个女生的时候正是因为想起了星珊，才会心不在焉地说了句“好”。

从星珊莫名消失的那一天起，青君就一直在等她回来，人海茫茫，他不知道去哪里能找回那个曾经朝夕相处甚至心心相印的伴侣。抱着她一定不会一走了之、一定会回来的希望，青君等到了不能继续等下去的那一天——他妈妈为了让他正常地生活，给他选好了未婚妻，并安排好了婚礼。

星珊说："你知道吗？我最近做了一个梦，他们都说世界不会进入2000年，1999年就是世界末日了。但我不害怕，因为我梦到世界末日的时候，我们是会飞的，我还见到了你哦。"

"所以你给我寄了明信片，还第一次留下了你的手机号码？"

"是啊！我想亲口告诉你我的梦。而且，我现在可以独立生活了，想离开这里。"

"小珊果然还是以前那样，总会记得我。如果我没有结婚，娶到你真是福气……"

通话的最后，还是挂断了。

其实当听着星珊讲过去的事情时，青君就在电话那头默默地落泪。在最早收到无寄件人姓名的明信片时，他猜想过是星珊寄来的，但他唯一不解的是，一个人的字迹竟然会随着经历的不同而改变那么多。他压着声音，星珊没有察觉。挂断电话后，青君更是痛哭起来。他握紧拳头，挣扎着，颈上暴露着条条清晰的青筋。最后，他索性躺在了地上，任由泪水挥洒。黑暗的房间里，只剩下他压抑着的啜泣和轻微的呼吸交替的声音。

这一幕，似曾相识的一幕，星珊永远不可能也不必要知道。

两颗曾经接近得不能再接近的心，两个走不到一起的人，两个注定孤独的人。

这是他们的宿命吧。

其实，星珊的梦并不是真的，她在梦中看见的青君还是小孩模样，两颗兔牙，浅浅酒窝，笑起来很腼腆。现在的青君，怎么还会是以前的样子呢？

就算世界末日来临，又有何恐惧？奶奶去世后的那些年月里，星珊已经足够孤独、足够绝望了。

她根本不用会飞，也不用等到世界末日的来临。

或许在另外一个时空里，有一个不孤独的她。

世界依旧是转动的，枫叶也依旧是落下的，但再也没有寄往青君家的信或明信片了。

爱你到明年的春天

那一年的春天，男孩给他暗恋已久的女孩写了一封信。

信里说："嘿，认识你这么久了，终于鼓起勇气向你告白。今天是我们初识的日子，选择今天向你告白，希望无论失败与否，我们依然是朋友，一直到你给我机会去爱你。我不敢说这世上我最爱你，但你的确是我最爱的女人。我希望你能给我一次机会，让我照顾你。"

女孩收到信时，哑口无言。她做梦也没想到，自己一直当作朋友的他，在不知不觉中已爱上了自己，女孩选择逃避。从此，她不再出现在男孩面前。她想不管信的内容，因为她不想面对一个这样的朋友。

第二年春天，男孩又鼓起勇气给女孩写了第二封信。

信里说道："对不起，不知道上回的事有没有影响到你的生活，如果有的话，让我说声抱歉。如果你不喜欢，我将不再给你写信，但我会依然爱你。快联考了，不知你准备得如何。今天是我们相识的第三年，给你写这封信，希望你不要介意。"

女孩看了，不知道怎么办。她并没有想过他会再写信来，更没想到他依然爱着自己，但她的决定依然是选择逃避。终于结束了高中生活，他和她各自踏上了不一样的旅程。

女孩本想忘了一切，但男孩又写来了第三封信。

信里说道：“嘿，大学生活怎样了。有什么不愉快吗？今天是我们相识的第四年，我只是想告诉你，我依然非常爱你。四年，整整四年了，你都没发现我的改变吗？我真的希望你能给我一次机会，哪怕只有一天，也够了。”

女孩这回有了不一样的表现，她回信了。

信里说道：“嘿，我的好朋友，非常高兴你会喜欢我，也感谢你为我所做的一切，我都看到了。只是，现在的我已经有了另一个他。我们非常相爱，我希望你不要再来打扰我们，谢谢！”

男孩看完信，泪水已决堤，他不知道能说什么，就灌了一瓶酒，然后睡到天亮。从此，两个人的生活再也没有了交集……

十年后……

女孩得了脑瘤，医生说她活不过一年了。在她知道病情的那一天，男朋友跟她分手了。她哭着倒在床上，说不出话。

一直到一个朦胧又熟悉的影子出现，是十年前的他。他见到女孩，说了和他的第一封信内容一样的话：“嘿，认识你那么久了，终于鼓起勇气向你告白，今天是我们初相识的日子，选择今天向你告白。希望无论失败与否，我们依然是朋友，一直到你给我机会去爱你。我不敢说这世上我最爱你，但你的确是我最爱的女人。我希望你能给我一次机会，让我照顾你。”

女孩虽然感动得说不出话来，但依然没有接受男孩的爱，因为此时此刻的她，已经没有资格让他爱了，她不想男孩因为自己而失去前途。

男孩黯然地走开。女孩一直看着男孩走到路的尽头，眼泪才决堤。

又过了一年，女孩虚弱了许多。躺在病床上的她收到了男孩的来信和一个包裹。

信里说道："为什么，为什么，二十多年来，我对你的感情你都不了解，没有你，就算拥有全世界我也不会笑，请让我爱你一次，用我的力量。请不要再拒绝我了，因为这世上已没有人比我更爱你。"女孩打开包裹，是二十封没有寄出去的信。

原来，这二十年来，男孩一直爱着女孩，他每年都在给她写信。女孩又哭了。这时，男孩走了进来，抱着她说："今天是我们认识的第二十六年，今年的春天，请让我爱你。"

女孩感动得说不出话来，只是不停地点头，然后渐渐地在男孩怀里睡着了。

朦胧中，女孩问男孩："明年的春天你还会爱我吗？"

男孩回答："我会一直爱你，直到这个世界上没有春天。"

"然后呢？"女孩问道。

"然后我会告诉你，拥有了你，每天都是春天。"男孩说。

第二天早上，女孩在男孩的怀里死去了，但她的世界并不寒冷，因为男孩每天都给她温暖。

结婚五年，我又发现了一次爱情

嫁给这个男人五年了，我不知道自己是否还爱他。

记得刚结婚的时候，每天早晨，我必定会在他的怀抱中醒来，我却总是红着脸不敢说一声早，怕嘴里的口气弄皱了他的眉。

漱口杯与牙刷坚持要和他用同款不同色，摆在一起看才有夫妻的感觉。我会帮他打点上班的衣物，什么衬衫配什么领带，经过我的审美才准他穿上身。

起床到餐桌上，为了他的健康，我每天变换不同花样的早餐。晴天的话，可能是熏肉蛋加上烤吐司；雨天的话，或许来点小米粥搭酱瓜咸蛋；要是阴天，就吃些外面买来的烧饼油条和豆浆。早餐的式样一直用到我变不出新把戏，可是，我乐此不疲。

除了当一个贤惠的妻子，我亦毫不掩饰对他的热情。“我爱你”是每天恭送他出门上班一定要说的话，然后附加一个亲密的热吻，即使他大多时候只是浅浅一笑，也足够我高兴大半天。

但是，五年过去了。

我相信，还不到“痒”的时候。可是，到底是什么改变了我和他的互动？

早晨起床，他的位置往往已空荡荡的，只能由皱褶的床单证实他确实存在过，即使他偶尔睡过了头或者小赖一下床，也绝对是急急忙忙从床上跳起来，再匆匆忙忙地洗漱、换衣。

我已经快忘了被他拥抱着迎接朝阳的感觉。

盥洗室里的漱口杯，在几年前被打破一个后，再也找不到一模一样的了，而另一个因为掉到马桶里，所以也换了新的。五年内，牙刷已不知道换了多少，甚至有时我们睡迷糊了，还会用同一把牙刷，什么口气问题都不需要再掩饰了。颜色和款式是否一样，根本不重要。

洗手台上，Hello Kitty和小叮当图案的两个漱口杯左右对峙。小叮当的杯里插着一支绿色牙刷，是我的。Hello Kitty的杯则是空的，因为他前一阵子已改用电动牙刷，摆在架子上。

分属两个不同故事的漱口杯，以及位于两个不同位置的牙刷，仿佛在嘲讽我们的夫妻关系，渐行渐远。

因为他出门的时间早，打点他的衣着已经不再是我的事，他自己会搞定。

早餐？很久没有一起吃了，我同样不必费尽心思地去想菜单、查食谱，反正没人赏光。

“我爱你”这句话更不用说，还有热情的早安吻，他无福消受，而且现在说起来也有些矫情。

仔细想想，五年来，他没有说过一次“我爱你”，一次也没有。

我和他相聚的时间，严格地来说是从晚上七点开始，也就是他下班回来之后。

如果他加班的话，那时间可能要延到十点、十一点。

刚结婚的时候，我为了他去学烹饪，“要抓住男人的心，先抓住他的胃”，我深信这条铁律。所以，一些餐馆名菜常出现在我们的餐桌上：宫保鸡丁、五更肠旺、葱油鸡、东坡肉……

见他吃得高兴，我也开心，虽然不全是我爱吃的，但是，他爱吃就好。

饭后，我们会依偎在沙发上看电视，我陪他看新闻，听他评论时政、批判社会。他陪我看八点档，听我调侃剧情，大哭大笑。

然而，五年的时间，可以改变这一切。

烹饪班的课程，我可以说是半途而废。不知道从哪天起，他开始干涉我做菜的方法，宫保鸡丁他不喜欢太多辣椒，五更肠旺他开始抵制，葱油鸡叫我别淋油，连东坡肉要放多少酱油，他都有话说。

我做的菜渐渐变得简单，烹饪班也不想去了，有时候一盘炒青菜、贡丸汤和皮蛋豆腐就打发掉他，他反而没什么意见。

我想，我抓不住他的胃了。

随着他加班次数的增加，我们很少在一起看电视，我对于时政可以说是一无所知。而他，问都不用问，《台湾霹雳火》的男主角是谁，他绝对不可能知道。

我们之间开始言不及义，他对我说的话大多是“不用等我”“早点

睡”。我跟他说的话，也不外乎是“你回来了”“菜在锅里热着”。

我们没有相同的话题，没有相同的兴趣，除了“夫妻”名义上的联系，我们的交流空泛得可怜，比普通朋友还不如。

多可笑的夫妻关系，不是吗？

结婚前，我们曾描绘未来的愿景。他说要生两个孩子，先男后女，哥哥可以保护妹妹。我却认为应该先享受一段时间的二人世界，生孩子的事情并不急于一时，只是我不想坏了他的兴致，并没有说出口。于是，我背着他吃避孕药。

那时，他还兴冲冲地带我到医院探视一名女性朋友。她刚生完四公斤的巨婴，神色萎靡地躺在病床上。

我忘不了他隔着一块玻璃看新生儿时眼中绽放出的神采，可是我更忘不了，那位女性朋友用虚弱的语气告诉我，她整整痛了一天一夜，才求医生由自然生产改为剖腹产。我更不敢生小孩了。

五年后的今天，他似乎已经放弃了生小孩这回事，毕竟只有他一头热是没用的。

可是，待在他上班后空洞的房子里，我突然觉得生个孩子也不错，至少屋子里会热闹点，我的寂寞也会少一点。

他早就在数年前就开始有避孕措施了，我不清楚是什么让他改变心意，不过这也让我松了口气，因为我似乎对避孕药过敏，不论怎么换用牌子，最后都会水肿。

我猜他六百多度的近视加散光，应该看不出我水肿前和水肿后有什么不一样，重点是，他的避孕措施解决了我的一个大麻烦，同时又带来另一个新烦恼。因为我现在想要一个孩子了，他却似乎不想，我不知怎么跟他开口。

然而，他频繁地加班，晚上常常累得一回来倒头就睡，如果我再开口，似乎在变相增加他的压力。

我们两个人之间，已经够低潮了，不需要再增加一个会引起冲突的话题。

在我们恋爱的时候，他很喜欢带我到淡水，坐在河堤旁看落日，沿着码头走一遭，可以吃到不同口味的各式小吃。

淡水的海产颇负盛名，他似乎是匹识途的老马，总知道哪家是最地道的。

有时候，他带着我坐渡轮到对岸的八里。那里只有一条路热闹，卖的全是孔雀蛤，两个人吃掉一大盘，还觉得意犹未尽。

他也会和我骑双人脚踏车，沿着淡水老街骑到淡海，再从淡海骑回来。沿途的风景不算十分迷人，但有种质朴的味道，海风咸咸地吹在脸上，我很享受这种感觉。

当然，坐在脚踏车后座的我，心情好的时候才会踩两下，他明知我偷懒，还是卖力地踩。

我很怀念，真的。即使过了五年，那段回忆仍然历历在目。

结婚后，我们到淡水的次数，除了新婚那阵子，可以说屈指可数，近两三年一次都没去过。

每到假日，他不到中午不会起床，我见他这么疲倦，当然也不会烦他带我到处走走。

照理说，假日我们应该可以有些交集，可是他累，我只能自己找事做，和朋友们出门逛逛街，聊聊是非，也顺便埋怨一下他。

至于在家睡觉的他，午饭和晚饭，自己解决吧！

他不知道，在前几个月，我耐不住无聊，自己坐地铁到了淡水。果然，太久没有去，那里已经变成了一个我完全不认识的地方。

河堤旁的小吃摊不见了，全部集中在地铁站附近，过去我和他看夕阳的地方被整修成了一道长堤，仅供游客散步。

路面变得干净整洁固然好，但是收藏我和他的美好记忆的地方，消失了。

没有他带路，我找不到地道的海产店，找不到好吃的小吃，也骑不了双人脚踏车。但我惊讶地发现，淡水多了一个渔人码头，可以坐公交车过去。

渔人码头，他的脚步没有踏上过，我先了他一步，这是没有他，只有我自己的经验。

到了渔人码头边，风景确实很美，却有种人工雕砌的做作。

我以为花了几百元搭乘“蓝色公路”可以到对岸八里，就像渡轮一般，但那失了古风的游艇绕了一大圈后又回到了原点。

除了颠簸的船身摇得我头晕目眩，我记不起来什么美丽的风景，连孔雀蛤也没捞到一粒。

淡水变了，我和他的回忆，也变了。

某个早上，我特地比他早起，给他做了一顿丰盛的早餐。然后，我递出了离婚协议书。

我们之间，没有第三者，没有争吵。

那是我第一次看到他震惊的表情，如果那天是愚人节，我想我成功了。

可是，我不会开那种恶劣的玩笑，他知道我是认真的。

他没有像一般男人那样暴跳如雷，开始数落女方的罪状，也没有哭哭啼啼，跪下哀求我留下。他只是极力让自己的心绪冷静，默不作声地接下协议书，开门，上班，一如往常。

他或许也察觉到我们的夫妻关系的瓶颈，打算仔细考虑离婚的可行性。对于他近几年的疏离，我没有流下一滴眼泪，可是他这天的冷漠，几乎倾尽我五年的泪水。

我有些后悔，这后悔逐渐蔓延，以心脏为一个起点，通传至我的头顶及脚趾。

但后悔又如何？不快刀斩乱麻，也只是拖着一个平淡如水的日子，两个人干耗。

我不知道自己对他的爱还剩多少，更不清楚他对我的爱还剩多少。

嫁给他之前，我就知道他沉默寡言；嫁给他之后，自以为能改变他的我，并没有改变他多少。

我的爱，还不足以改变他；他的爱，亦不足以为我改变，这大概是关键所在。

柴米油盐酱醋茶会摧毁爱情的甜蜜，我尝到了，但这是用五年换来的教训。

趁现在，没有孩子，没有牵绊，我也不贪图他什么，该是离婚的最好时机吧?

我抖着手在离婚协议书上签字，一直到他出去后好几个小时了，我仍然在发抖。

这是一种未知的惶恐。我等他给我一个结果。

他冷淡了我五年后，又拖延了我七天。

离婚协议书交到他手上之后的整整一个星期，他不和我说一句话，也睡了七天的沙发，每天仍然照常上下班，除了更加冷淡，我感觉不到他的喜怒哀乐。

那张协议书，就算扔到垃圾桶里，也会有触动垃圾袋的声音。可是他，一点儿声音也没有。我怀疑他根本不当一回事，想一段时间不理会我，只是在看我会不会自己忘了离婚这回事。

我受不了了，他到底要怎么做?连离婚也要离得这么漠然吗?

然而，七天后的他，吓了我一跳。

一大早，我听到他在客厅起床的声音，隔着门板听不真切，我却一直没等到他出去上班的关门声。

一阵乒乒乓乓的金属撞击，取代了他一向安安静静的作息。我终于按捺不住起身察看，却在开门后，闻到了一阵食物的香气。

“起床了?吃点儿蛋卷。”他笑着，如新婚时我吻他之后那种浅笑。

我的心狠狠地跳了一下，原以为古井不波的情绪，因他的体贴而起了丝丝涟漪。

他还是那么轻易地，可以撩动我的心。

我不清楚他怎么可以混到九点、十点还不去上班，他看到我的疑惑，也只是淡然一笑，身上简单的服装，一点儿上班的气息都没有。

我想，他可能工作太累吧？也可能……他要宣判了，关于那张离婚协议书。

看他神色自若的样子，我默默地吃着早餐，想象着等一下他会说的话。他会干脆地就离婚了？还是会在我面前撕了协议书？不可否认，我的心倾向后者。

“我升上经理了。”他的第一句话出乎我的意料，下一句话马上进入重点，轰得我措手不及，“工作上的事告一段落，现在要好好处理家里的事。”

工作是排在家庭之前吗？我苦笑。

“工作安顿好，我才能给你安定的家。”他像在解释我的疑惑，“所以，告诉我为什么要离婚？”

他终于问了，脸色变得严肃。他从来没用过这种质疑的口气和我说话，望着他难得的厉色，我竟一句话也说不出来。

“你觉得我冷淡你了吗？”转眼，他的态度又变得自嘲，弄得我摸不着头脑，“我就知道，你一个人在家老是胡思乱想……”

我和他长谈了一整天，数个小时的谈话中，有五分之四的时间我在哭，因为我觉得自己犯了一个弥天大错。

可是，有些事，如果没有那张离婚协议书，我永远不会知道。

他说，五年来，他确实每天都是抱着我醒来，只是后来他工作忙，起床时间变早，而我仍睡着，不知道罢了，有时他还会亲亲我的脸，看着我贪懒的睡颜，他不忍心叫醒我。

而摆在盥洗室的漱口杯，他根本搞不清楚小叮当是他的，还是Hello Kitty才是他的，他以为粉红色是女孩子的颜色。原来，我们一直在无形中有着亲密的唇齿交流，可怜的Hello Kitty，摆在那儿没人用，成了个装饰品。

早餐，他吃的都是7-11，他承认很想念我做的早餐，可是他不好意思央求我每天做给他，他知道我会绞尽脑汁变花样，他舍不得看我太累。

“我娶你，是希望你享福，不是要你来当女佣的。”从他这句话开始，我便止不住眼泪。

提到他的衣着，他更是笑我傻。他看得出来我会为他添新衣服，按颜色、样式在衣柜里整整齐齐分类摆放。而新婚时，我常帮他搭配，时间久了他也知道我的喜好，什么领带配什么衣服，他是为我而穿。

至于热情的早安吻，每天他早在我熟睡的时候就给我了，我却兀自钻牛角尖，认为他不需要我的吻。

“你为什么从不说你爱我呢？”我噙着泪水问他。

“我以为你知道，否则我们为什么结婚？”他理所当然地回答道。

是啊，我知道，我一直都知道，不然我不会嫁给他的。可是，既然知道，我又何必强求他说出来？

女人都是需要一些爱语滋润的，我想这就是理由，看着我控诉的眼光，我想他也知道理由了。

“你做的大菜很好吃，可是那些菜费工夫，也不全是你喜欢的，所以我宁可你做些简单的菜，最好是你也喜欢吃的。”

他一句句地解释，又让我掉了一缸泪水。

“你不喜欢吃辣，因此我要你少放辣椒；你不吃内脏，那我也不吃；你怕胖，所以料理时我希望油加少一点；酱油盐高，吃多了肾脏负担大，为了你我的健康着想，调味即可，不必加太多。”

原来，只要是我煮的，他都喜欢。想想每次准备食物给他，他没有一次不是吃光的，到底为什么我会觉得抓不住他的胃?

所以，我也抓住了他的心吗?

另一件令我惊讶的事，他真的知道《台湾霹雳火》的男主角是谁，即使猜得不完全正确。

“是刘文聪吗？还是那个李正贤？晚上在公司加班，同事都会开电视看，所以我多少也知道一点。”

他抚去我脸上的泪痕，笑问：“你也在看吗？”

“嗯。”我又想哭了，我真是小觑了那部电视剧的收视率。

“当上经理后加班会比较少，那我们就一起看。”他说得轻松，我却鼻头一阵酸楚。

我在意的，其实不是看什么节目，没有他在身边，看什么都索然无味。

我发现，只要愿意，两个人什么事都可以谈，连我跟他讲《台湾霹雳火》的剧情，一路聊到整容话题，他也听得津津有味。

是我封闭了自己，以为他不愿意听我说、不愿意跟我说话。

他心疼我一个人在家里，聊公司里的事又怕闷坏我，可是见我一副不想搭理他的样子，他每天也就少言寡语。

无论他跟我说什么，我都是爱听的，可是我现在才让他知道，我们浪费了几年的时间在这种误解里打转，他活该，我也活该。

“我很少看新闻，都不知道最近发生了什么事。”我的这句话似乎有些抱怨。

“我以后每天当你的新闻台。”他温柔地笑了。

聊到生孩子的事，他一阵默然。

“我想生一个孩子。”这时候，我有勇气说出口了。

“我以为你不想，刚结婚那阵子，你不是一直吃避孕药吗？”难得听到他有些怪罪的语气。原来，他一直知道我在吃药。

或许是我某次把药随便搁在化妆台上，被他看到了，他以为我根本不想要孩子。

而他也知道，我吃完药隔天会有水肿的现象，身子骨纤细的我，双腿肿得跟象腿一样，也只有我这种人的鸵鸟心态才会认为他不会发现。

后来，我养成习惯，将药好好地放在抽屉中。他以为我不再吃，怕身子水肿难受，所以，他开始采取避孕措施。说来说去，还是为了我。

“你又水肿了吗？一直哭个不停，是想把身体里的水逼出来？”他居然敢揶揄我？

他还是想要孩子的，听完我说想生孩子，他眼里兴奋的光芒大大地告诉了我这一点。只不过，那抹光芒在闪烁后随即消失了。

“你真的想生？” 他又严肃地问了我一个问题。

“想啊，我一个人在家好无聊。”

“只是因为无聊？如果只是因为一个人在家无聊，你想出去学东西、去工作、和朋友去逛街，我都不会阻挠你。”

“你不是也想吗？”我生气了，纵使泪眼婆娑没什么说服力。

他开始说起那个四公斤的巨婴，原来他那位女性朋友的经验不仅吓到我，也吓到他了。

他不希望我生孩子还要受极大的痛苦，什么剖腹产、自然生产，他一点儿概念也没有，只知道一定会很痛。他明白我怕痛，所以他舍弃了生孩子的想法。

“我不管，我要生。”明白了他的想法后，我更希望替他生一个孩子，一个身体里流着我和他的血液的孩子。

“那就生吧！”他悄悄地在我耳边说了一句令我脸红的话。

“你这么有精力？不是上班很累吗？”我怀疑他所说的真实性。

经他解释，我才恍然大悟，就算工作累，他偶尔也有欲望，有时晚上搂着我，又看我睡得香甜，这种看得到吃不到的痛苦，他只能郁郁地闷在自己心里。

面对他的心意，我真的无言了。

在我像两个水蜜桃似的双眼略微消肿后，他催我换衣服，带我出门。

已经好久没和他一起出游了，在两个人之间的冷淡破冰后，坐在他身边竟也给了我当初恋爱时的感觉。

我凝望着他专心驾驶的侧脸，将他的动作和姿态深深刻在心里，因为我差点儿忘了，我和他之间还横着一个问题——那张离婚协议书。

我要一辈子记住他的模样，如果他最后仍是签了名。

可是，他应该不会签吧？否则，他何必和我讨论生孩子的事……

“到了。”他停车，我也随之下车。

海风迎面吹来，是淡水。他也记得这个地方，这个在我们记忆里珍藏的地方。

“我一直想带你来，可是你在假日都和朋友出门，我只好蒙着棉被在家睡觉。”他如是说道。

这是个什么乌龙？我体谅他工作累，他体谅我和朋友出门，就这样，我们错过了一次又一次的相伴。

“你以后想干什么，可以直接说。”我恼火地盯着他。

“你也是。”他严肃地回视我，言下之意是要我别五十步笑百步。

说来也好笑，我们一直认为自己是在为对方着想，以自己的方式去体贴对方，可这种自以为是导致了无数个阴差阳错，一直到我开始怀疑自己不爱他、他也不爱我了，才惊觉这份爱并不是消逝，而是溶入了生活中，自然得让人忘了它的存在。

爱情的表现，可以是黏腻、亲热、奉献、祝福，甚至是退让，每个人的方式不同，导致的结果也各异。

我的方式是盲目付出，他的方式是全然关怀。乍一看，两个人都没错，可是无论什么方式，中间都少了一种叫“沟通”的元素，因而容易导致裂痕。

我们的婚姻，就是建筑在这种缺乏沟通的空中楼阁之上的。我嫁给这个男人五年了，我以为我渐渐地不再爱他，但只是一番简单的剖白心意，我对他所有的爱便再度复活，甚而转浓。

女人会因为男人长久的冷落而对爱情失望，也会因为男人的一句话对爱情重新充满希望。我不想和他离婚，一点儿也不想，当初硬着头皮签下名，或许只是赌气，只是要他正眼看看我，可是……

“那，那张离婚协议书……”我打算收回来。

“在公司里。”他平静地说，“公司的碎纸机里。”

“你的意思是……”

“你想离婚，等我成为你的亡夫时再说吧！”我估量不出他是不是在开玩笑，不过他又骗到了我的泪水。

原来，他真的很爱我……即使他没有说过。

我想，如果我坚持离婚，他会放我走的，他舍不得见我难过，就像他见我掉泪又赶快搂住我一样。

倘若，是他想离婚呢？

恕我自私，我是坚决不会放他走的，除非等我变成他的亡妻，我自信可以留住他。

“整个淡水都变了，我都快不认识了。”哄完我，他连忙岔开话题。

“我来过，我知道有什么景点。”

“那这次就要靠你带路啰。”

是啊，我们可以开创新的记忆，只要有我也有他，时间和地点都不是问题。

结婚五年，我又发现了一次爱情。

Chapter 3

我偶尔会忘记，你还爱着我

时间很短，天涯很远。往后的一山一水，一朝一夕，自己安静地走完。倘若不慎走失迷途，跌入水中，也应记得，有一条河流，叫重生。这世上，任何地方，都可以生长；任何去处，都是归宿。那么，别来找我，我亦不去寻你。守着剩下的流年，看一段岁月静好，现世安稳。

——白落梅

爱情转移

文文的父亲在云林有一家工厂，文文大学一毕业就去帮忙。

工厂里有个新来的员工，住在员工宿舍里，但是他每天一下班就消失了，直到夜里快十二点才会回宿舍。因为文文每天都看到他，替他开门，所以印象很深刻，她觉得这个男孩很忧郁，仿佛有重重心事。

今天是工厂十周年，大家都高兴地庆祝，可是男孩依然晚上十二点多才出现，这让文文觉得很好奇。文文开了门，看到他时顺便递上一块蛋糕。

“今天是工厂十周年庆。”文文说。

“谢谢！”志忠回答。

“这阵子比较忙吗？要不你怎么这么晚才回来？”文文问。

“补习。”志忠回答。

“去哪儿补习啊？”文文觉得好久没听过“补习”这两个字了。

“台中。”志忠淡淡地回答。

“别开玩笑了，从云林骑车到台中补习？”文文觉得很难相信。

“真的。”志忠回答道。

"你受到什么刺激了？"文文觉得这事情有点儿意思。

"没什么，我曾经有一个很好的情人。"志忠开始说他的故事，"不过等我当完兵，她告诉我她要离开我，因为她有一个更好的对象，是个硕士。"

"然后呢？"文文问。

"我们从初中开始就是情人，七年的感情我放不下，所以我一直努力地去忘记。但是，我也想表现出我不是懦夫，所以我去准备考研究生。"志忠的语气有点儿悲伤。

"那为何跑那么远？"文文觉得不可思议。

"我本以为这样能让我有点儿忘了她的存在。"志忠低下头，黯黯地说道，"可是，这样反而让我更想念她。"

"是啊，七年的感情，谁能说放下就放下。"文文也有点儿感伤了，"没试着去挽回吗？"

"有，不过她不接我的电话，也不肯见我，"志忠的声音里带着点儿哭泣的感觉，"我记得她喜欢玫瑰，所以我每个星期都送一封信过去，顺便加一朵玫瑰，希望有一天我们能重圆。"

"放开一点儿，事情还有希望。"文文努力地安慰志忠。

"谢谢！"志忠慢慢地走向宿舍。

"世上又多了一个看不开的人。"文文自言自语。

可是，她的心里希望有个人能这样对自己。

一年多后，志忠考上了研究所。他的旧情人嘉文刚收到第九十八封信。其实，嘉文半年前就跟她的硕士男友分手了，因为双方都觉得个性不合。

不过，嘉文高兴的是，志忠的信从没断过。

嘉文之前不太愿意见到志忠，是因为对他有点儿内疚，他的信也是看了前几封就没再看，怕新男友不高兴。

不过现在，嘉文很感动有一个人对她如此，分手一年多了还没放弃。于是决定当他寄到第一百封信的时候，就回他的身边。她要等到那个时候才看他的信，所以一封信也没拆。

“等到第一百封信时我再拆来看，等我答应回到他身边的时候，相信他会很高兴的。”嘉文这样想。

好不容易熬了一个星期，嘉文接到了第九十九封信。可是看到信封里的内容，她的心顿时凉了半截，因为信里附了一张喜帖，而不是一朵玫瑰，还有一封信。

嘉文：

等你一年多了，我也考上了研究生。本来一直很难对你忘情，但有个女孩对我很好，她父母对我也很照顾，我不想辜负他们，所以决定跟她结婚，相信你会找到一个更理想的对象。

祝福你！

志忠

嘉文后悔当时放弃七年的感情，后悔不跟志忠联络，后悔自己为了面子而做的一切。

现在的她，什么都没有了，唯一能做的，只是祝福志忠和文文，白头偕老。

岁月的眼睛

那一天，是我生命中永远难忘的一天。如果没有那一场意外，我会快乐而且自信，我是全世界最幸福的女人。

我的先生李皜向来宠溺我，他不让我做家事，他说那是严重浪费，他支持我做所有我喜欢做的事。他说他爱我的自然真实，所以他从来不要求我，即使因为工作关系，我时常背起照相机一出门就是三五天，他也总是以关爱代替怨言。

我曾以为，他给我的爱多得今生用不完，所以我预约来世还要当他的另一半。然后下辈子时，再预约下下辈子还要在一起，两人无休止地痴缠。

李皜问我："你不会厌倦吗？"

我做出拔腿的动作："厌倦了，我会逃！"

但我想，我们是永远不会厌倦彼此的，恋爱两年，结婚三年，我们有说不完的话、牵不腻的手。

每一夜，他都要握着我的手才能安稳入睡，他总是向人介绍我是他的安眠药。而我，每当心烦意乱就想跳到他的眼睛之海里游泳。因为上上一代的混血，他的双眼是蓝色的，眼珠是深深的海洋蓝，眼白是淡淡的湖水蓝。热爱大海的我，只要悠游在他的眼睛之海，就能涤尽万虑、洗去千愁。

然而，他先走了，我真的以为是一场梦境。

我一直以为，如果有一天他先我而去，我绝对无法独自存活在这个被他遗弃的世界。所以我们约定，假如走到生命的尽头，两人无法同日死，至少lady first（女士优先），让我先走。最后，他并没有遵守我们的约定。

那一天，是我做产检的日子，我们的孩子将于一百五十天后在两个家族的热烈欢迎声中诞生。医生满意地宣布："宝宝长得比实际的周数大，是个带把儿的弟弟。"我打电话告诉李皜"谜底"，他兴奋得欢呼。前一晚我们打赌孩子的性别，我猜男他猜女，他输了我一场电影。

婆婆比我更加开心，李皜是独生子，婆婆希望我们生男孩。一个下午，她都笑得合不拢嘴。我感染了婆婆的喜悦，结伴逛了三家百货公司，采购了不少婴儿用品，一点儿都不觉得累。

警察来电话时，我正好进家门。

突来的噩耗使我跌坐在地，婆婆一手拉着我一手捡起电话，被我的狼狈吓得慌乱："谁来的电话？有什么事？"

"车祸……李皜在医院，我要去医院。"我站起来，夺门而出。

"阿皜不是到高雄出差……"婆婆边说话边追上来。我拦了车，直奔医院。她坐在我身旁不停地说话，可我一个字也听不见。

和李皜一起在车里的，是一个我不认识的女人。她的家人也赶到，充满敌意地瞪着我。

女人叫吴维维，她的家人说，她是李皜的女朋友。

“李皜只有太太，李皜没有女朋友。”婆婆愤怒地驳斥，她拉住我的手走向急诊室的另一端，远离吴维维的家人。

李皜和吴维维几乎是同一时间走的，医生宣布死讯，我当场昏厥。醒来时，我躺在家里泛着阳光味道的床上，我庆幸还好只是一场噩梦，高兴得连声呼唤李皜的名字。

进来的男人是我的大哥：“李皜的后事，长辈会处理，身体你要自己照顾。”

“是真的吗？不是做梦吗？”我已经分不清楚虚实，我几乎吼叫着说，“哥，告诉我只是一场梦，李皜不可能死，李皜不可能和别的女人一起死。”

“是真的，你要坚强，为了你自己，为了你的孩子，懂吗？”哥哥为我擦干眼泪。

“我不懂，我真的不懂，李皜为什么会背叛我？”我虚弱地问着。

在黄泉路上，李皜和吴维维会手牵手，像每晚他紧握着我的手那样吗？这个问题，只有死去的人能回答我。

“往者已矣，再追究只是和自己过不去，别再多想了。”

“你能吗？如果你是我？”我哽咽着质问他。哥哥叹了口气，摇摇头。

爱情的幻灭，讥讽着他的背叛和我的愚笨。接下来的日子，家人除了为丧事忙碌，还得应付吴维维的家人。我将自己关在房间里，关在哀伤无法入侵的堡垒中，分析李皜对我的感情。

我不哭了，我为什么要为一个负心的男人哭泣呢？我为什么要为一个毁约的男人厌世呢？

“我不要孩子，我不要李皜的孩子。”深思熟虑后，我决定放弃肚子里的孩子。

所有人都不敢相信，这个决定的荒谬正像李皜的突然死亡。他们为我找理由，说我因为承受不了打击，疯了。事实上，我从来没有像现在如此清醒。生下孩子会是一个巨大的讽刺，一个与日俱增的讽刺，活生生地嘲讽李皜和我已幻灭的爱情，残忍地讽刺李皜的背叛和我的愚笨。

李皜的父母跪地求我，我不为所动。

“爸爸和妈妈给你一千万，请你把孩子生下来。”他们将钱存进我的户头。难道他们要花钱买孙子？我也有钱，李皜的保险受益人是我，可是我去哪里能够用钱买回真心爱我的丈夫，而不是和吴维维共死的李皜？

后来，我留下孩子。不是因为钱，是因为最初的爱。

我到妇产科诊所要求堕胎。女医生让我看超声波，说：“好可爱喔！他边吸手指边摇头，在说好好吃喔！”

我看见的肢体语言却是求救信号：“妈妈，不要，不要杀死我。”

我哭了，我无法扮演凶手。

李皜离开的五个月后，我顺产生下孩子。孩子大眼睛、大嘴巴、高鼻子，像李皜多过像我。孩子的眼睛总是闭着，我很好奇他眼睛的颜色。

我把孩子交给李皜的爸妈，一出院就出去旅游。对这个城市的记忆令我失去活下去的勇气，我选择以放逐释放痛苦。我用李皜以生命换来的金钱作

为旅费，浪迹在一个又一个遥远的国度。

我在塞纳河走过春天，我在太平洋游过夏天，我在爱琴海巡航秋天，我在富士山下倾听冬天。渐渐的，我习惯与寂寞为友。我的心仿佛极地的土层，覆盖着厚厚的冰雪，我不回忆、不想念、不心痛、不做梦，也不快乐。

没有地方会使我的脚步犹豫，没有人能让我的眼神停留，只有孩童无邪的双眼会唤醒我悲伤的能力。我在记事本上写下一个又一个数字，提醒自己孩子有多大了。然后，我为他买了一件又一件衣服，每一个在他乡的夜晚，我用李皜以前握紧的右手，抱着一个月比一个月大的童装入眠。这些大大小小的童装，是我的安眠药。

偶尔，我会打电话回台北。妈妈渐渐地不问我在何处，也放弃催促我回家，她告诉我孩子的事。所以，我知道孩子在四个月大时会翻身，五个月大时长了牙，不到六个月就坐得安稳，十个月大时牙牙学语，不到一岁就会走路。妈妈不了解，其实我更想知道的是孩子眼睛的颜色。

孩子三岁生日的这一天，我悄悄回到台湾。我站在妈妈家的巷口，看着我的老妈妈依然精神十足地忙进忙出，一会儿浇花，一会儿遛狗。刹那间，我有一种恍若前世的错觉。

我的头发短了，面容老了，人精瘦了，皮肤黑了，我变成了一个陌生人。妈妈低头从我身旁经过，她没有认出我。我把给孩子的礼物放在门口，留下字条，请妈妈转交。

我转身准备离开，妈妈无声无息地站立在我的面前。她用力拍打我的肩膀，痛骂：“你这个没良心的孩子、狠心的妈妈，你终于回来了。你不进家门，还想去哪里当孤魂野鬼？”然后，抱着我失声痛哭。

回到家，有一种放松和放心的感觉。妈妈说哥哥去接李恒，见我没有反应，妈妈拍了拍额头：“瞧我多迷糊，一直没告诉你，亲家帮孩子取了名字，叫李恒。今天是外孙生日，我接他回来吃个饭，庆祝庆祝，你回来得正好，可怜的孩子从来没见过妈妈……”

凝视孩子的双眸，我尘封的泪水终于决堤。孩子长得比我想象中更好，乍见到他，我的眼睛一亮，他简直是李皜的翻版。他叫我阿姨，妈妈急于纠正，我赶紧制止。

哥哥也以为我是客人，礼貌性地点头，我沉默地微笑着。五秒钟后，哥哥惊呼：“是小孟。”他伸手抱起李恒走向我，“恒恒乖，亲她一下，她从很远的地方来，专程为你庆祝生日。”

“有多远？跟妈妈去的地方一样远吗？”孩子好奇地问着，稚嫩的童音非常好听。

哥哥看着我，我们一起点头说：“是，一样远。”

孩子乖顺地在我脸上一啄，留下一摊口水，我舍不得擦掉。

“是妈妈请你给我送礼物来的吗？”李恒盯着我的脸说。

我凝视着他的眼睛，也是一对海洋色的眼睛，会让我沉沦的蓝色。我的心海开始澎湃，双眼泛潮，喉咙严重哽塞、无法出声。

李恒拉拉我的衣角，着急地又问一次：“是吗？你帮我的妈妈送礼物给我吗？”

他那充满渴望又有些忧郁的眼神，像一把利斧用力劈过我的胸口，封

积了三年多的泪水随着点头的动作突然决堤。我快步走进浴室，不想惊吓到孩子。

“我是妈妈啊！”我在心中一遍又一遍地说着。

一个小时后，哥哥敲门，叫我吃饭，他说孩子饿了。

这是我一生中最美味的一餐，而我的心比胃更饱满。李恒的聪慧，李恒的乖巧，李恒的想象力，都在唤回我失去已久的情绪，我有时想笑，有时想哭。我不清楚，李皜留给我的究竟是爱还是恨？但我明白，我希望在相聚时多抱抱李恒，希望在拥抱李恒时，时间是静止的。

但是，时间没有静止，反而流逝得更快。李皜的爸妈频频来电催李恒回家，我不准妈妈告诉他们我回来的消息。

哥哥送李恒回去，我背起行囊，继续我的旅程，幸福对我而言，必须适可而止。

妈妈不让我走，她又哭又闹，骂我狠心，说我无情。她不会懂得，永远不会有人懂我的心情，了解我的绝望和决定。

我在妈妈的号啕哭声中，步履艰难地走出了家门，坐上出租车到机场。

我在台北桃园机场等过了黄昏，坐到了深夜，错过了一班又一班飞机。我在恋恋不舍什么呢？没有任何人是永远属于我的，除了我和我的伤口。

“该走了。”我对迟疑的自己说。

排队进入候机楼时，有人喊我的名字。人群中有李皜的父母、我的妈妈和哥哥，以及我的孩子李恒。

李恒冲过来抱住我的双腿：“妈妈，妈妈，不要走。”

孩子的叫声深深触动了我，我蹲下身，为他擦去眼泪：“男孩子不可以哭。”

他紧紧搂着我的脖子，仿佛怕我突然消失，贴着我面颊的小脸庞干了又湿。我捧住孩子精致的小脸蛋，仔细地、贪心地观赏。不知怎么的，孩子眼里的泪水竟然在我的脸上奔流。爸爸犯下的致命错误，却指定孩子来接受惩罚，的确是我太残忍。

看着他海洋般的双眼，一闪一闪地晃动，我又有了游泳的渴望，好像我的伤痛可以全部被洗尽。岁月用眼睛诉说了一个关于爱与绝望的故事，又用另一双眼睛叙述一个关于爱与希望的童话。我愿意相信，至少有一个人，他的心是属于我的，那就是我的小李恒。

催促登机的声音响起，他们用热切的眼神望着我，我用慈爱的目光注视着孩子。我被怨恨囚禁了好长的日子，为什么还不能跳出来？我看到他们的脸上写着这样的疑问。仇恨是容易的，原谅是困难的，如果宽恕了李皜，是否等同释放了我自己？为什么不愿意跳出来？我也困惑！是因为我太爱李皜，还是太恨李皜？但是不论爱或恨，李皜已经死了，死了很久很久了。

“旅行好累，我不想走了。”我放下行李，抱起孩子，孩子撒娇地趴在我的肩上，我迈步离开机场。我放弃当一个没有目标的旅人，开始学习做一位无悔的母亲。

只要能珍惜最美好的片段，又何必在乎是聚还是散？重要的是，你用怎样的心态去看待，相信自己，用眼睛看、用耳朵听、用心去感觉吧！你会发

现，许多事和自己认为的并不一样。

人的一生是无数的轮回，吸取经验与累积记忆，就可减少犹豫的光阴，也可避免选择的错误。不管我们跌倒多少次，总会继续向前走。

老鼠的自述

天气越来越冷了，早过了收割的季节，往日麦地里遍地的粮食早已不见，之前秋日里存储在地洞里的一点儿过冬的粮食也被农民无意中的锄头彻底毁灭。

这日子该如何过下去啊。我忧愁地看着熟睡中肚子日渐大起来的妻子。是哦，我快做爸爸了，要真正担负起一个男人的责任了。可是，家里一点儿余粮都没有了。我可以啃点儿草根对付过去，可是我不能让妻子饿着，不能让她肚子里的儿子饿着……

那时候，我想娶她，她妈妈嫌我们家穷。我对着她妈妈发誓：我活着一天就绝对不让您的女儿饿着一天。于是，她妈妈把她许给了我。从那一天起，我就是这个世界上最幸福的老鼠了，我默默地为她做着一切，不让她受半点儿委屈，让她做这个世界上第二幸福的老鼠。

我爱她胜过爱我自己，我可以为她轻轻咬掉指甲里的污垢；我可以为她跟在村头二妞后面一天，捡她爱吃的瓜子；我可以为她哼着小夜曲，看着她入睡的样子而彻夜不眠……我是多么爱她啊，爱她明亮的眼睛，爱她尖尖的

嘴巴，爱她那湿润的鼻头，爱她带点儿棕色的皮肤。尽管我爱她，现在却连明天的早餐在哪里都不知道……

我再去找找看吧，也许能在泥地的深处挖出秋日收割落下的一点儿米粒。虽然我已经找了几十次，虽然每次都是把指甲都挖出了血还空手而归；我再试着去大表哥家借借看吧，也许表嫂同情我了，不再那么尖酸刻薄地骂我了，虽然我已经去了七次，每次她都指桑骂槐，为了妻子我也许连自尊都可以不要了；我再试着进村子里求那些家鼠分一点儿给我，虽然我已经被它们揍了四次，每次都骂我这只田鼠是臭不要脸的，去家鼠那儿当乞丐，可是为了妻子这点儿痛算什么，这点儿辱骂又算什么……

我又回来了，还是什么都没有带回来……

看着妻子睡觉时安详的样子，我知道她已经一整天没有进一粒米了。我心如刀割，虽然我也已经三天没有吃一点儿东西，可我是男人呀，我不能让她挨一点儿饥饿、受一点儿委屈。

然而，我真的一点儿办法都没有了，我想哭，却一点儿眼泪都没有。我答应过她，我永远是一家之主的男子汉，我永远不会让她感觉到一点儿危险。于是，我早就忘却了哭的滋味。唉，还是去外面吹吹冷风吧，也许寒冷能让我减少一点儿饥饿感吧……

“小老鼠，我看你一整天了，怎么了？看你饿得直哆嗦呢。”嗯，有人叫我呢。我早已习惯了被忘却的滋味，想不到还有人记得我，我心里有点儿激动。我抬头望去，哦，原来是每天都飞来飞去的鸽子大姐。

“嗯，我找不到吃的。”

"去城里吧，城里好吃的多着呢。一直往南走就是城里。”说完，她就飞走了。

城里？这村子里就爷爷去过城里。爷爷活着的时候，和我讲过，城里到都是好吃的、好玩儿的，天上的白云都是棉花糖，地上的石子都是巧克力。

嗯，去城里！我的肚子一下子不饿了。我要带上我最心爱的她去城里。

我叫醒了妻子，带着她去求明天就要去城里运货物的牛大伯，求他带我们夫妻一程。牛大伯可怜我们，就答应了，不过他让我们躲在他耳朵里面，不准出声，别让他的主人发现。嘿，我好开心，明天就能去城里了，我不会再让我的爱人挨饿了。

第二天一早，我们就躲在牛大伯的耳朵里，他的主人一声鞭响，车子就出发了……

我和妻子紧紧地抓住牛大伯的耳朵，一路颠簸。也不知道过了多久，听见牛大伯叫我们：“下来吧，两个小东西，城里到了。”我们兴奋地跳到地上，我搀着她，一起向牛大伯鞠了个躬，就向城市走去。远远的，我分不清牛大伯是粗粗地喘了一口气，还是叹了一口气……

我抬头望向天空，却望不见天，一栋栋大楼挡住了我的视线；我低头看地，却看不见地，一块块混凝土早已覆盖了大地。

我和妻子怯生生地站在墙角，面前的马路上，川流不息的人群和一辆辆呼啸而过的怪物让我们头晕眼花，那喧闹的声音让我们头痛欲裂。在这里，我真正感觉到我是一个外乡人，我找不到一点儿归属感，我开始怀念起我的家乡来……

也许，地里还能找出一点儿粮食；也许，表嫂同情我们了；也许，家鼠们念在远亲的分儿上……

可是在这里，我一点儿勇气都没有，我一点儿能耐都施展不出来，我开始有点儿想哭。

这时，眼尖的妻子尖声叫起来："亲爱的，马路对面的窗子里有好多蛋糕！"

我也看见了，我也很兴奋，上次吃蛋糕还是她过生日的时候。我拼死从村长家宝贝儿子手里抢来一小块，那时候我还在追她，呵，好甜蜜的回忆，她很喜欢吃蛋糕的。我的精神头儿一下子就来了。我拍拍胸脯："我们过去，我一定帮你把蛋糕搞到手！"

我拉着她的手，开始奋勇地从人缝里跳着穿过去。人太多了，我们跳来跳去，妻子不小心跳到一个胖女人的鞋子上，那胖女人尖声叫起来。紧接着，整条街上的人都注意到我们，很多人开始用脚来踩我们，用手里的杂志来拍打我们。我死死拽着妻子，拼命地躲闪。这时候，我才意识到"老鼠过街，人人喊打"对我们老鼠而言是多么可怕的事情。

还好，我看见前面有一条下水道，我拉着妻子跳了进去。就这样，我们总算过了大街。不过，我在跳下水道的时候把脚给扭了，为了不让她知道了心疼，我只好装作无所谓，一点儿都不疼的样子……

过了一阵子，我见大街上的人已经忘记我们两只小小的老鼠了，便让她躲在下水道里。我悄悄地钻了出来，顺着墙根往那个蛋糕店的方向摸过去，一步、两步、三步……我看见那块蛋糕了，兴奋地一头向那块蛋糕扑去。

“咚”的一声，我显然撞在了什么东西上，可是这时候，我眼里只有蛋糕。尽管头上鼓起了一个大包，我用手指按了按，继续向蛋糕冲。蛋糕和我之间，确实有一层透明的东西挡着，让我冲不过去，可我不知道那是什么。也许，那是城里人玩儿的什么专门对付我们老鼠的把戏吧。

我偷偷地看了看店里，里面全是人，那些穿白衣服的人看起来好凶。刚才在大街上的险境让我对城里人充满恐惧感，我实在没有勇气在他们眼皮子底下抢蛋糕。没办法，我只好等天黑……

回到下水道，我紧紧地抱着妻子，把我的耳朵贴在她的肚皮上，可我听不到儿子的动静，只听见她的肚子在咕咕叫。我的眼泪终于不由自主地顺着眼角流下来，我哽咽着对她说：“对不起，让你跟着我受苦了。”而她只是用手摸摸我额头上的大包，说：“你还疼吗？只要和你在一起，就是最幸福的事情。”

终于到了晚上，我和妻子一起溜到店门口。店里一个人都没有，我们偷偷地从门缝里溜了进去。我环顾店里，发现到处都是蛋糕，开心得快要疯了。我抱着她，拼命地吻着她说：“老婆，老婆，我终于可以让你吃个饱了。”可是，现实的残酷很快打破了我的兴奋，和白天一样，那些蛋糕好像被什么透明的东西装着，实在弄不开，只能看得见，却摸不到。我急得团团转，心里好焦急……

“老公，地上有一块蛋糕。”妻子叫我。

我一看，果然是。不过，我也看见了蛋糕旁边是个老鼠夹子，我知道这是城里人用蛋糕当诱饵来捕我们的。可惜，这玩意儿我们那旮旯乡下也有，我早就见识过了。我暗想：我一定要用法子帮我妻子弄出那块蛋糕。其实，这也难不倒我，在乡下的时候，我就常常用我的尾巴在老鼠夹子下面钩出我想要的东西，而那破夹子根本无法伤我分毫。不过，这是城里，城里人很狡猾的，他们的老鼠夹子也许也很狡猾。可是，为了她，我豁出去了！

我趴在地上，小心翼翼地用尾巴轻轻地去钩那块蛋糕，一寸、两寸、三寸……我终于把它钩出来了。

我命令妻子："为了我们的儿子，你必须吃下去。"

"不，我一半你一半。"

我不由分说，坚持把蛋糕塞进她嘴里："吃下去！"

我恶狠狠地对她吼着，这是我们在一起后，我第一次大声对她说话。

可是，不一会儿，妻子突然满地打滚，大声叫唤起来："疼死我了，疼死我了……"

我心里"咯噔"一下，完了。城里人太坏了，他们不但用了老鼠夹子，还在做诱饵的蛋糕里放了老鼠药，而乡下人从来不会下这种连环套。城里人实在是太狡猾了……

"我渴。"妻子的叫唤一声高过一声。

我疯了似的到处找水，可是，整个屋子里没有一滴水，连一滴都没有……

那一刻，我从未感觉到死亡离我那么近。我死死地抱着她，疯了一般帮她擦去嘴角的血沫，可是擦了一遍又一遍，我擦的速度远远跟不上血沫涌出来的速度。我想，我就要失去她了。

我抱着她，轻轻地跳上旁边的老鼠夹子。“啪”的一声，我清清楚楚地听见腰骨被夹断的声音。可是，我一点儿都不疼。

我吻着她的脸，默默地想着最后一句想对她说的话：“如果有来世，还让我们做一对小小的老鼠，笨笨地相爱，呆呆地过日子，快乐地相恋，傻傻地在一起。即使大雪封山，也可以窝在暖暖的草堆里，紧紧地抱着你，轻轻地咬你的耳朵……”

当爱情只剩下一百步

我和你背对背开始往前走，我们说好当我们走到第一百步的时候再回头，如果还能看到对方，我们就忘掉以前所有的不快乐，重新开始；如果看不到彼此，就一直走下去，永远不再回头！

当我走出第一步，有一种叫悲哀的东西漫过心底。我们的爱情之路只剩下九十九步，我们怎么走到了今天这一步？曾几何时，我们一起在雨中漫步，衣服湿了也不觉得冷；曾几何时，我们在雪天里哈着热气吃冰激凌，当人们投来惊异的目光时，我们哈哈大笑。

我已走过二十步，你呢？我好想回头看看你，看看你是不是一样和我步履维艰？你还记得我吗？你教我学计算机的时候跟我说过，编程时会遇上一种情况叫“死循环”，进去了就出不来，你说你对我的爱就是死循环，当时我很感动。

我走到五十步时，有个卖烤红薯的老头问我要不要红薯，我摇了摇头，他就推着车子走了。为何他不再多和我讲几句话？那样我便可以停留一会儿，不用再走下去。

八十步已然在我身后，你是否也在想我们前一段不愉快的日子？我们为什么要为一点点小事而天天争吵？我一对着你哭，你便心乱如麻，烦躁不安。然后，我们都无端地说出一些互相伤害的话。终于有一天，你对我说："我们不能再这样下去了，不然都会被折磨死，分开吧。"

九十九步了，我艰难地抬起沉重的脚，迟迟不愿放下。我怕放下回头，就再也看不见你；我怕放下脚，将永远失去你；我怕放下脚，我从此再也没有幸福可言。可是，我的脚终于落下了，泪水也顺颊而下。我不想回头，也不愿回头，我控制不住自己，蹲下痛哭起来。突然，一双宽大的手抱住了我的双肩，我回过头看到了你，看到了你充满了深深自责和浓浓爱意的双眼。

我扑进你的怀里，哭着说："我不要再往下走了！"

你把我紧紧抱住，轻轻抚摸我的长发："我永远不会再让你一个人走。其实，我一直走在你的身后，一直在等你回头。"

总有一次流泪，
让我们瞬间长大

Chapter 4

人生至境，只在平和。我们要以一颗平和的心去面对挫折和失意，也要以平和的心去面对成功和得意。人这一辈子，有时春风得意，有时举步维艰；有时一切顺利，有时处处碰壁。可是，不管怎样，我们都该保持一颗平和的心，淡然地面对一切。唯有如此，才能在处境突变时不会有失落和痛苦，笑对人生的起起落落。

教室里的春天

终于上完上午的第四堂课，她急忙赶回办公室。今天应该把周记发还学生，但是才改了一半。她顾不得吃饭，立刻埋头工作。改了一会儿，她发现一本完全空白的周记，不由得掷笔长叹，脑海中浮现出了一张阴郁的脸孔。

她大学一毕业就被分配到这所中学，学校旁有铁道，上课时很容易被影响。学校总会压榨新手，所以她一、二、三年级都有课，并且带一个一年级的导师班。由于学校规定不能按照学生的成绩分班，所以班上各种资质的学生都有。

郑守义是她班上最特殊的孩子，他家里开家具行，就住在铁道后面。印象中，他总是沉默寡言，而成绩糟得令人难以相信他是怎么升上中学的。常有其他科目的老师抱怨他从来不交作业，考试一定交白卷，无论怎样处罚都无效，这种孩子在同学们心目中的地位可想而知。

不过，她也记得当她在讲解代数时，当其他同学还在纸上奋力计算时，他总是一个人在底下喃喃自语。每当她以为他心不在焉而叫他起来回答问题的时候，他每次都能讲出正确答案。可见他脑筋不差，那为何成绩会这么差呢？

被叫到老师办公室的学生总是战战兢兢的，郑守义也不例外。她严肃地说：“来，拉把椅子，坐到老师旁边。”

他依言照做，看着桌上摊开的周记本。

“郑守义，老师找你来不是要责骂你，而是想知道你为什么每次周记都是空白？”她没有经验，只得尽量缓和语气，他却沉默不语。

她又问：“一个星期很长，不会什么事都没有吧？一定有东西可以写的，不是吗？”

他终于开口说：“老师，我有很多东西想写，但就是写不出来。”

“你能解释清楚一点儿吗？”

“就跟考地理一样，每次我都知道答案，就是不会写。像填空要填鸭绿江，看课本都认得，考试就是写不出来，我没有撒谎。”

她明白了，这是一种先天的脑缺陷。于是，她缓和了一下语气，说：“那你有没有看医生？”

“爸爸说看医生要花钱，又不一定会好，反正一毕业就到店里工作。”

“这样啊，好吧！你可以先回去了，老师来替你想办法。”

郑守义很意外，她竟然不像其他老师一样说他找借口搪塞，便连声说：“谢谢老师！”

她调出他以前其他科目的考卷，发现他果然没说谎。他的选择题几乎都能拿满分，填空和问答题就凄惨无比。她查阅了所有关于这种疾病的书，但是除了对病理特性的研究外，根本没有关于如何帮助病人克服问题并恢复正常生活的探讨。她想起自己的求学过程，虽然也并不顺利，但是凭着不服输的个性，她也熬过来，终于实现了梦想，所以她决心试一试。

“郑守义，老师相信你很聪明，因为你在数学课上已经证明给老师跟同学们看了。不过你的写字能力要加强，所以，从明天开始，你放学后留校两个小时，老师替你免费补习。”

从来没有一个老师当面称赞他，更没有老师会主动关心他而替他补习，他吃了一惊，面红耳赤。

她从抽屉里拿出一本很漂亮的日记本：“先从写日记开始，慢慢来，不必写多。今天有什么值得高兴的事吗？”

他想了一下，又脸红了：“听到老师称赞我。”

“那你就写这句话吧！”她耐心地说。

他提起笔来，一脸踌躇。

“七个字而已嘛！这里有字典，你会查吧？先查‘听’这个字，再抄下来。”

他照着做，一笔一画地写字，虽然歪歪斜斜，但仍然可以辨认。

“好，现在查‘到’这个字。”

就这样，郑守义花了二十几分钟才写完这七个字。

“你看，你刚才已经自己写完一个句子了。”

郑守义瞧瞧本子上的字，脸上焕发着光彩，似乎不敢相信：“真的吗？我真的会写了！”

她笑着点头：“写过的字可别忘了喔！好了，今天到此为止吧！”

“谢谢老师！谢谢老师！”

就这样，她开始了一件相当困难的工作。许多人不以为然，或暗自窃笑，或好意劝她别自找麻烦。但她认定，得天下英才而教之不算什么，得天下庸才而教之，使其成为英才，才是真正的快乐。更何况当她使尽浑身解数，终于教会他写出完整的一句话的时候，她才能体会安妮在教导海伦·凯勒知道什么是水之后是何等快慰。她也从来没有像此时一样体会到自己潜力无穷。

她还拜托其他老师在上课时尽量向郑守义提问题，一来帮他拉高平常的分数，二来帮他建立自信。她甚至指定他当数学小老师，让同学们有问题一律先问他，他不会的才交给老师。事实上，这样的情况很少，因此，他渐渐赢得了同学的尊敬与信服。郑守义自己也发生了很大转变，他的功课进步很大，日记不必在老师的监督下也可以写得不错，不再躲在角落中，话也变多了，有时她还不得不在课堂上提醒他不要影响课堂秩序。

在初三的教师节前夕，郑守义送给她一盏漆成乳白色的木制台灯，相当别致、漂亮。

“哇！好漂亮！谢谢你，也替我谢谢你爸爸！”她激动不已。

他红着脸说：“这是我自己做的。”

她大吃一惊，没想到他手艺这么好，而且已经初三了，真想不出他如何腾出时间来做这个礼物，只好又一次道谢：“真谢谢你！”

“爸爸说，老师是我的贵人，替我补习这么久都不收钱，连红包、礼物都不肯拿。他想不出还能替老师做什么。所以，如果老师结婚的时候需要新家具的话，我们家一定送全套给老师，而且一定是最好的木料和手工，请老师不要客气。”

“实在太感谢了，老师愧不敢当。”

“老师不要这么说，我准备继续升学，将来念师范大学，跟老师一样做一个好老师！”

他自信地说。

一年前，关于继续升学这件事，他是连想都不敢想的，如今却有如此的雄心壮志。她的眼眶不禁潮湿起来：“好，老师相信你一定可以做到。”

“已经第三堂课了，郑守义怎么还没来？他通常不是最早到的吗？有没有打电话请假？”

“报告老师，刚才打电话去他家，他妈妈说他今天上学了。”班长起立回答道。

“好吧！先上课好了。”

下课之前，她看到校长在走廊等着，铃声一响，他不等她走出教室就过来了。

“张老师，刚才学校接到一个不幸的消息，你班里的学生郑守义今天早上出门的时候，因为擅自穿越铁道，被火车撞死了。”

她时常在想，她真的是他生命中的贵人吗？如果她没有引发他学习的兴趣，让他积极进取，急于来上学，也许就不会有那场意外。也许，他长大后会是一个手艺很好的家具行老板，平平安安地过一辈子。

所以，用心过好每一天，开心度过每一个今天，才是最重要的。因为你根本无法预料下一秒，甚至是明天，会发生什么事。

也许，人的命都是注定的。不如放弃一些无谓的争执，在有限的生命里，尽力过好每一天，我们根本没有多余的时间和力气去担心生活中不必要的烦恼，唯有心存感激。

一个人的爱情

那一年，他和她同时考入了复旦大学化学系，走进了同一个班。他是从农村来的，她也是。每当他们被嘲笑是乡下人时，他们总是互相安慰。时间久了，两颗心就近了。和所有的小恋人一样，他们一起打饭，一起逛公园，钱不多，但开心。大多数时候，他们泡在图书馆，写写小字条，看看书。虽然穷，可爱情世界的美好是一样的，他和她自然而然地相爱了。

因为穷，他们少了在电影院里的亲密拥抱，少了情人节的神秘礼物，他极少给她买东西。有一次，她看上了一副红手套，十块钱。他摸了摸兜，只有七块钱，只好尴尬地笑笑。后来，她买了毛线自己织了两副手套。她说，才用了五块钱。他把她搂在怀里，发誓要对她好一辈子。

大三时，他们出去打工。他做家教，有了一点儿钱，他用自己三个月积攒的钱为她买了一条项链。那是一条银项链，有非常精美的做工。他想，如果戴在她的脖子上，一定会熠熠生辉。不久，在她生日那天，他把项链作为生日礼物送给了她。她虽不是一个漂亮的女孩，可戴上项链后，显出别样的美丽。她说，我也有礼物送给你。我送给你的，是我的处女之身。

那一天，在一家简陋的小旅馆里，他和她，缠绵得那么动情。他爱怜地把她搂进怀中，紧紧抱在胸前，把头埋入她柔软的颈间。她蜷缩在他的怀里，泪流满面。他们发誓不论何时何地，不论将来怎样，一辈子不分离。

很快，她恶心呕吐，身体出现反应，她怀孕了。这是件可怕的事情，她找他商量该怎么办。

“做掉吧。”他说，“校方知道会开除我们的。”

“不，我想要。因为这是我们的孩子。”她执拗地说。

一个月后，她办理了因病休学手续，回到家乡。他几乎每天都在写信问她的情况，到他大学毕业时，孩子出生了，是个男孩。

她没有再回来上学，他留在了大城市——上海。她一个人带着孩子给一家小公司打工，赚的钱仅够果腹。她在等待他毕业，然后一起过日子。可他没有回来，他说：“上海机会多，等有了钱，我会接你和孩子过来的。”

她一如既往地依恋他，问他在上海怎么样。他说，再等等。

等他终于升职做了部门主管，他决定回家看看她。他惊奇地发现，她变得难以入眼：穿着极邋遢，身上残留着奶渍，小孩子正在哭闹……他一阵阵害怕，真的要和她生活一辈子吗？真的要带她走吗？

临行前，他对她说自己混得不好，让她再等等。临别时，她塞给他一千块钱。她有太多的眼泪，几乎要决堤。上了火车，他打开纸包，全是散乱的零钱，她要凑多久才能凑够啊？不久，他给她寄去两万元，并告诉她：“我太忙了，现在还结不了婚。”很快，她把两万块钱寄了回去。她说：“对不起，我结婚了。”

他哭了。她把自由还给他，也把爱情还给他。他想，从此就各奔东西吧，也许她现在的老公会比我更适合她。

那时，他身边不乏美丽时尚的女孩子，他决定重新开始自己的爱情。很快，他认识了一个女孩，这女孩的家在上海，有权有势，对他很有帮助。不久，他和女孩远渡重洋，出国留学。然后，在美国开了自己的公司。他有了钱，有了汽车和别墅。这些当年他和她当初梦想的一切，他现在都有了。他知道自己对不起她，所以，五年后他回国，在她的家乡投资一家公司，想帮助她。

她那时在一所乡中学当老师，快四十岁的她，有了斑白的头发，人有些微胖，浮肿的眼睛因过度劳累显得极其无神。

见面的刹那，他们都愣住了。这就是岁月啊！十年的时间，岁月给她的是沧海桑田，给他的却是出人头地！他见到了他们的儿子，一个十七岁的小伙子，如他的翻版，学习成绩优异，已经保送上了大学。他想对她说“谢谢”，却觉得语言那么苍白。他想对她说“对不起”，又觉得自己没有这个资格。

他只好顾左右耳言他：“你和你爱人还好吧？”

她平静地说：“我一直都没结婚。”

“你真傻，你傻死了啊！”刹那间，太多的眼泪猝不及防地滑落下来。他心里的洪水决了堤，原来，她一直在等他，一直痴情地等待着。

她的眼中全是泪，嘴唇有些发抖："你说过的，要相爱一辈子，我认为是真的。"

他缓缓地跪下，他不如眼前这个女人，因为他根本不懂什么叫"一诺千金"。

灵魂里的胖女孩

窗外的阳光落在我手中的文件上，轮到里仁给客户做简报，他正滔滔不绝地说话。

我们做同事已经半年了，一开始，两人完全不对付。有一次，我刚坐到座位上，里仁就靠到我身边：“咦……原来你这么年轻，前几天看你面试时穿的那身套装真够老气，我还想今后要跟‘欧巴桑’共事了呢！”

才第一次见面就说这样的话，懂不懂礼貌嘛！我有些不高兴。

忽然，角落里传来一个女孩的声音：“你别介意呀！里仁就是这样口无遮拦，一开口，全天下的人恨不得都被他得罪光了。”

女孩不理会里仁的抗议，径直往我这里走来。看着她匀称的骨架与身材，我忍不住在心底暗暗赞叹。

“我叫蜜蜜，公关部的。”她友善地伸出手。

“我是子美。”我握住蜜蜜的手，庆幸除了里仁，这公司还有个正常人。

里仁在上面越说越起劲，客户的脸上渐渐浮现出满意的神情。他悄悄地对我眨了一下眼。

看来，他也觉得这个案子是成交了。只是，我没有丝毫的喜悦。

看着窗子里反射出自己的样子，脸形、肩颈、挤在一起的腰腹……整个人呈现出一种浑圆的线条，我感到十分沮丧。

从大楼走出来，正好是午餐时间，我魂不守舍地跟着里仁走进餐厅。

“干吗，发什么呆？”里仁推了我一下。

“没事。”我看着盘子里的食物，一点儿胃口都没有，我叉起整块牛排，“这个给你好不好？”

“那你吃什么？”里仁好奇地看着我。

情绪低落的我，干脆放下刀叉，说：“我不饿，喝水就好了。”

我拿起水杯凑到嘴边，就被里仁一把抢了过去，他皱起了眉：“早餐不吃，喝什么水？”

“少管闲事。”我抢回水杯，眼眶里忽然一阵潮湿。少一根筋的里仁还在一旁嚷嚷，说我态度很差。可是我没心情听他数落，只是转过头去，望着外面的阳光，晾干差点儿掉下来的眼泪。

我知道自己一直在变胖。因为一个简单的弯腰穿鞋的动作，我的手脚都仿佛要经过千山万水，才能遇到彼此。曾经很利索地就能穿上的牛仔裤，老是刚好卡在膝盖上，就再也拉不上去。还有一个无所不用其极、明示加暗示我要再瘦一点儿的男友。

“有哪个男生会希望女友的体重和自己一样？抱都抱不动。”为了让我觉悟，男友不惜用这样的话来刺激我。

“怎么不说是自己太瘦了？哪个女生会想和‘骷髅’一起逛街的，我也希望有个强壮的男友呀！”我反驳道。可是想到自己突然说出这么恶毒的话，我觉得好难受。

胖女孩和瘦男孩的恋情，难道只能拥有彼此的讪笑？我紧紧地捧着水杯，沉默在昨晚两人吵架的情境中。

“喂！别告诉我你想学那些赶潮流的女孩一样，减什么肥？”里仁的话突然清晰起来，刺进我的耳朵里。

我愣愣地看着他，一脸茫然：“你觉得呢？你觉得我需要吗？”

听我这么一说，里仁停住手里挥舞的刀叉，装出认真的表情，将我上上下下地打量了一番。

“嗯……你的确不算瘦，肉肉的。”他伸手捏我的脸颊，以为自己很幽默。

我甩开里仁的手，十分恼怒：“所以，你也这么认为了！”

“哎！”里仁顿了一下，摆出一副不以为然的样子，“我觉得……有什么好减的，我呢……我最讨厌人家减肥了。人哪，心好最重要……我觉得你这样就很好呀！”

真令人感到意外。难得的一次，里仁说出了这样的话。我是胖女孩。我终于这么告诉自己。

那天晚上，男友跟我提出分手，他说：“是我的错，我太虚荣了。只是我没办法，真的没办法压抑自己的渴望，想要有个好身材的女友，我是真的喜欢，以前的你。”

以前的我？整个晚上，我蜷缩在窗旁，茫然地望着天空，反复思索着这句话，直到天亮。

前一晚就该流下来的眼泪，此刻才落下来。他喜欢的是以前的我。那么……现在的我呢？不再喜欢了吗？我趴在地上，找出床下的体重秤。有一年没用了吧！我心想。

我恍恍惚惚地站上去，低头看向迅速爬升的指针，心底震动了一下——足足多了十五公斤！因为这十五公斤，我失去了爱情。

无意识中，我将指针越过零的刻度，往前调，像调回过去的时光，再次站上去……指针稳稳地指向五十，我微笑起来，这是当初被爱时的重量。

“爱情果然是斤斤计较的。”我嘲笑自己。

一想到这里，我缓缓蹲下来将脸埋在膝盖间，然后，听到自己发出失望的哭声。不知过了多久，在断断续续的哭泣声里，似乎有什么声音在不远处响起。我肿着眼抬头看了看，才发现是自己的手机铃声。

“喂……”我整理了一下情绪，声音仍然微微颤抖。

“睡死啦！”电话里传来里仁的大嗓门儿，“你已经迟到了，知不知道。”

“嗯，睡过头了。”我虚弱地回答。

电话那头的里仁沉默了一会儿，像发现了什么：“怎么了，听起来鼻音好重，是不是生病了？”

“没事，我马上就到，帮我跟经理说一声，好吗？”我简单地回应他。

“那……动作快点儿喔。”

刚走进办公室，我和正要出门的蜜蜜撞了个满怀。蜜蜜看着我，二话不说便拉着我到门外，说：“你刚刚哭过啦？”

蜜蜜的敏锐让我无所遁形，我抱着她再度掉下眼泪，告诉她发生的事。没发觉里仁已走了出来。

“怎么了？”他突然出声。

我擦擦眼泪，不知该怎么回答。

“没事，我们只是在讨论昨晚的电视剧，唉！那剧情太令人感伤了。”还是蜜蜜机灵，随便编出个理由打发走了一脸狐疑的里仁。

从那天后，我做了一个重大决定——减肥。为的不是追回男友，而是要减去那被羞辱的感觉。

“我以前用的这个方法挺有效的。”唯一知情的蜜蜜，给了我一份食谱。

“还有……”她提了一大袋减肥书，悄悄放在我的桌子底下。

“喂！蜜蜜……”

看到我们窃窃私语，里仁忽然开口：“你不要教子美那些有的没的。”

“你知道我们在说什么？没搞清楚状况，别乱说话。”蜜蜜得意地回嘴。

“每餐都只吃一点点，老是喊饿喊晕的人，还敢教人减肥，用健康一点儿的方法吧。”原来里仁全都听到了，他将手枕在头上，一脸轻松地说，“其实也不用那么麻烦，胖久了就会习惯。”

我和蜜蜜不约而同地盯着他，露出怨恨的表情。

除了蜜蜜提供的数据协助，我自己也发狠砸钱加入了健身房，每天下班后准时报到。当踩在跑步机上，我感觉到身体在滴水，便幻想着体重也在跟着滑落……

有一天接近深夜，我从健身房出来，遇到了里仁。

“干吗这么晚了还不回家？”里仁问我。

“我在楼上运动，整个晚上。”我抬头指着上面，里仁也跟着我往上看。

忽然，里仁问我：“干吗，最近有心事啊？”

我摇摇头往前走，并不准备让他知道我的事。

晚上的风很凉，路上的车子也少了许多。里仁走在我身旁，安静了一段时间才又开口：“还没吃晚餐吧。”

“刚运动完不能吃东西，会胖得更快。”我转身，笑着回答他。

“胖、胖、胖……你怎么现在满口都是这个字。”里仁忽然一脸严肃，“难道你没有别的事关心吗？”

他说话的口气，好像我得罪了他似的。我对他发的脾气感到莫名其妙，直直地看着他。

此时我们正好站在一个小夜市的入口，叫卖声、人潮的喧哗声，更增加了我们彼此的敌对气氛。

“你自己看……”里仁随手指向一个女孩，大声说，“瘦就一定好吗？像她，那双细得要命的鸟腿，不只难看，不小心跌倒还怕骨折。”

我气呼呼地往他指的方向看去，看见那个女孩正被她男友万分疼爱地紧紧拥住。突然，我感到头皮发麻，视线一片模糊，拥着女孩的那个男孩，不就是……我的前男友吗？瘦男孩终于找到心目中最完美的女孩了。我一时无法面对这样的场景，只能红着眼抓住里仁说：“我们走好不好，拜托。我们离开这里，好不好……”

我试图强忍住要掉下来的眼泪，但还是失败了。我趴在里仁胸前，哭得他不知所措。也不知道自己是如何离开的，只知道当我再度抬头时，我和里仁已经在一个小公园里了。此时，他异常沉默。

“他是你的男朋友？”里仁比我想象中聪明。

“已经不是了，因为……你认为难看的细鸟腿，一直是他想追求的最爱。”我捂着脸，觉得头好痛。

里仁拍拍我，低头问道：“所以你才希望自己能瘦下来？”

他这么一说，我更是百感交集，我像个孩子一样，又抿着嘴哭起来。

“那女孩比不上你，他会后悔的。”里仁搂着我，安慰道。

“真的吗？”我看着他。

里仁点点头。

深夜的公园里，只剩下我们两个在摇椅上晃着，我感觉到心情渐趋平静。

“对了，你下个星期不是要到日本出差吗？”我不想一直沉溺在自己的情绪里，便开始问里仁工作上的事。

“是呀！三个月，好像有点儿久。”看来他并不是那么想去。

“别这么想，这是个好机会。不如，出差前我们找蜜蜜一起聚聚，替你送行。”我提议道。

“又不是不回来，别搞得太夸张。”他开朗地笑着。

“那就一起去看电影好了，规模够小了吧？”我耸耸肩。

“什么……连一口吃的都没有，未免太小气了！”里仁抗议。

我面露难色：“你知道的嘛！我现在，是非常时期，能少吃就尽量……”

里仁皱着眉，万分无奈地说："你这样不行啦，总有一天身体会出问题的。"

我捂着耳朵，耍赖地对他傻笑，对于里仁所有的训示，我完全不予回应。

第二天，当我和蜜蜜狼狈地跑到电影院时，里仁的脸已经气得铁青。

"到底有没有诚意呀！说要请客送行，现在电影都开演五分钟了，你们才赶到。"他扯着喉咙叫道。

里仁盯着我手上的购物袋，没好气地问："可恶，你们是不是shopping（购物）忘了时间？"

"才不是……"我辩解道，"前几天买的衣服太肥了，今天去换小一点儿的。"

他打量着我，说："瘦啦？"

"嗯！有点儿进展。"我开心地点头："不过，麻烦的事来了，以前光靠目测就可以买衣服的功力，现在已经不管用了，老出差错。可能是那个胖女孩还住在我的灵魂里。不过，她很快就会搬走了。"

"好了，快……"蜜蜜拿了三张电影票跑过来，打断了我们的谈话，硬将我们推进电影院。黑暗中，里仁就坐在我身边，大屏幕反射出的亮光，映在我们脸上。那是一部谈饮食与爱情的电影，画面上出现了一道道美味的料理。我眼睁睁地看着厨师将大块羊肉放入锅里熬煮，忍不住咽了一下口水。没吃晚餐的我饿了。厨师撒上香料，低头闻了起来。我也跟着深吸了一口气，忽然觉得头晕晕的，窒息的感觉向我整个人袭来。里仁似乎发现了我不对劲，便摇了我一下。我忽然觉得眼前一黑……

当我睁开眼睛时，发觉自己已经在电影院外的长椅上了。

“醒了，醒了。”一个好像电影院里工作人员的人在一旁嚷嚷，“还好，刚才护理站的人说只是一时血糖过低。”

我爬起来，蜜蜜说要去买水给我喝，叫里仁看着我。见我没事，所有的人都渐渐离去，我感觉到里仁的怒意，便说：“不好意思……”

“果然不出我所料，出事了吧！”他终究还是开骂了。

而我因为自己给别人带来麻烦，只能尽量忍着。

“有点儿志气好不好，干吗为了一个男人把自己搞成这样。”他再度刺中我的痛处。

我终于火大了，管不了他先前帮过我多少忙。我愤怒地喊着：“你懂什么，你又不是我，你从来不用担心自己会变胖，我也不想这样呀！不然你老实说，像你这种瘦瘦的男生，会喜欢像我这样的女朋友吗？”

我豁出去了，把自己多日来的委屈全部抛出，不管会不会被人嘲笑。

“谁说不会！”里仁脱口而出，“不是所有男人都像他一样，如果你问我，我会告诉你，我就喜欢肉肉的女生，像你这样的女生。”

我愣住了，正好走过来的蜜蜜也愣住了。

“你才不会。” 我忍住眼泪，“如果有这么一天，一个胖女生和你走在一起，显得越来越不搭调时，你就不会这么说了！”

我又羞又气地转头跑开，留下蜜蜜和里仁。

第二天上班时，里仁已经上了前往日本的飞机。

“子美，我们换别的方法吧，我觉得那个减肥食谱不保险。”蜜蜜表情沉重地靠近我，好像她犯了错。

“不是你的问题。”我感到很内疚。为了帮我，身边的朋友像卷入了一场是非。

“子美。” 蜜蜜似乎有话要说：

“我昨天跟里仁谈了很久……我觉得，如果你有空可以给他打电话，或许，你们该好好聊聊了。”

我对蜜蜜尴尬地笑笑，感到心里有些沉重。

里仁不在的日子里，我依然每天运动，只是不再刻意节食。每隔一个星期，我都可以将体重秤再调回来一点儿，只是站上去的重量保持五十。虽然离归零还有一段距离，但是我知道，一切只是时间问题。终于，在里仁离开的第三个月，我打了个电话到日本。

“对不起，那天，我不是故意要把气出在你身上的。”我终于道歉。

电话那头没有了声音，我喊了里仁一声，他才有回应，里仁的语气变得有些犹豫：“你记得我那天说的话吗？我……我是说真的。”

“等你回来再说，好不好？”我还没整理好自己的思绪，无法这么直接面对，只能打断他的话。

我们都挂上了电话，回到各自的心事里。

终于，我在体重秤归零的时候站上去，指针停在了五十。看着自己又回到当初被爱时的重量，我的心情异常激动。我知道，自己已经不再是那个被遗弃的胖女孩了。

一早上班，蜜蜜便笑盈盈地拉着我："子美，我又替你找到一种新的秘方，让你从此不会担心害怕，就算复胖也不用烦恼了。"

"我想，我暂时不需要。"我婉拒了蜜蜜的好意，害怕电影院事件再度发生。

"预防胜于治疗嘛！反正一点儿副作用也没有，好啦，就这样说定了……"

蜜蜜卖着关子，对门外喊了一声："喂！可以出来了。"

我看着从外面慢慢走进来一个人，诧异地张大了嘴，是里仁，只是……他比当初离开时壮硕了许多，完全不是那个瘦削的男生了。

"我想了很久，才想到这个办法……" 里仁走到我面前，"其实你不用变瘦的，只要我比你重许多，重到让你很难超越我，一切就都没问题了。"

"你……"我说不出一句话，眼泪哽在喉头。

"你现在很美，但是我还是想问……"里仁看着我，"住在你灵魂里的那个胖女孩还在吗？如果可以，能不能请她不要搬走。"

"为什么？"我惊诧地问道。

"因为……我喜欢她的时候，她就是那个样子了。"里仁肯定地说。

我看着他，满心感慨，原来这么久的时间，我始终没看清自己被爱时的重量……

关于爱情的赌博

有一位姑娘，年轻貌美，充满魅力。有两个小伙子，也都很年轻，胸中燃烧着热情的火焰。就像通俗故事中常有的情节那样，两个年轻人都对那位姑娘怀有眷恋之情，几乎同时向她提出了求爱的话语。

“我能遇到你这样一位姿色出众的女人，感到无比欢乐，本来与你幸遇就该使我心满意足。然而我的心驱使我要求更高，我渴望你永远属于我。我一定使你幸福，怎么样？跟我……”

两个男孩都求爱，姑娘异常欣喜。她有选择的权利，毕竟这种事情在任何时候都是件令人欣慰的事。可是，姑娘又不胜烦恼，因为她难以判断出哪个青年更好些。于是，姑娘把他们叫来说：“我请你们二位来，没有什么别的事，我同时听到了你们两人求爱的话语。可是，打那以后，我就感到很苦恼，不知如何是好。你们两人我都喜欢，而且我认为你们都是非常出色的人。”

一个青年站起身说：“我这颗爱您的心谁也比不上。我甚至想，若是能办到，我情愿撕开我的胸膛，让您看看我这颗灼热的心。”

“不，还是我的爱更强烈，为了您，我不惜献出生命。”另一个青年也不甘示弱。

“谈到献出生命，那是瞎说。也罢，既然如此，我们就靠决斗来定吧。只要你有那种勇气就行……”

“那正是我所期望的，就靠堂堂正正的决斗来分个高低吧，只能如此，别无他路。”

两个青年果真摆出了决斗的架势，姑娘插到中间说：“那种胡闹的事可不能干呀！我搞不清你们爱情的高低。不过决斗太野蛮，靠扑克牌和骰子来定，又未免太低级。现在是文明社会，你们能不能用更好的办法，通过竞争，显示一下你们才能的高低呢？”

两个青年回答道：“当然可以，不管用什么办法，也要比个高低。”

姑娘继续说：“你们各自创办一个企业，为生意兴隆和盈利而互相竞争。我想知道，一年内，谁的生意兴隆，谁的盈利最多。请你们不要误会，我并不是那种被金钱迷窍的人。不过我想，要判断一个人在当今社会生活的实际力量，这难道不是一种好办法吗？”

“那当然好了，就靠这个来定胜负吧！”两个青年都同意了姑娘的建议。

就这样，三个人立下了约定。

两个青年立即投入了各自的研究，悉心探讨，研究有发展前途的企业。他们制订了计划，也开始了各自的工作。他们废寝忘食，埋头工作，无暇他顾。他们知道，事业的成败关系到能否得到姑娘这个大问题。

一年后，他们来拜访姑娘。

一个青年说：“我竭尽全力去干，可是由于遭受到意想不到的灾害，我的成绩很差，我愿自动退出。”

另一个青年打断他的话说：“我确实取得了一些成绩。可是，他若是不遇到灾害，也许会胜利的。就这样定下来，总有点儿于心不忍，觉得不是滋味儿。我请求把评定期限再延长一年，不管怎么说，总得合情合理地定下这件事才对。”

这是无可非议的请求，姑娘答应了。于是，两个青年的竞争又继续下去。

第二年里，两个青年热衷于工作的劲头胜过前一年，而且更加谨慎，事业也日趋兴旺，两个青年的业绩都很显著。

很快，这一年也过去了。两个青年又来到姑娘这里，其中一个说：“这次我赶上去了，可以说我胜了。但是，我总觉得不那么舒畅，因为他还有去年的债务。从他需要还债这个意义上说，至少希望您把评定期限再延长一年。这期间的利润也能提高，而且不管谁胜了，都会使您更幸福的。”姑娘只好又答应了。

两个青年的企业规模越来越大，而且各方面都更加完善和充实。虽说也有偶然的失算和失败，但他们总能把损失控制在最小的范围内。与此同时，他们能把失利和意外作为教训，使企业的未来计划更加完善。

第三年，评定又延期了。这时，他们才意识到，以前仿佛是一场大梦，如今才真正悟到干事业的实质。过去，犹如一个微小的开端，真正的较量，此刻才开始。他们紧握快马的缰绳，向着未来疾驰。他们甚至感到能充分发挥一切才智的，正是这个时候。两个男人仍然不断地埋头实干，振兴企业，增加盈利……竞争简直成为他们生活中一种愉快的刺激。他们意识到，只有发展事业才是男人生存的意义所在。与事业相比，一切都显得如此微不足道……

岁月流逝。

姑娘已不是如花似玉的年华。她又把两个青年叫来，说："你们的成功让我很高兴。可是，你们打算怎样安排我呢？我们不是有约定吗？请你们快一点儿定下来呀！"

两个男人互相耳语："可不是嘛，似乎是有那么个约定。我们获得现在这样的成功，全是托她的福啊。要不这样，明年不管发生什么事都要把这事定下来。不过，这次咱俩改变一下办法吧。干脆，谁输了谁跟她结婚，你看怎样……"

Chapter 5

这个世界改变了太多，但你依旧爱我

人生不过几十年，时光似水一样流淌，不可遏阻。一场轮回的时间，能遇见一场烟火的表演，本身就是一种幸福，即使结局是烟花熄灭，终究也在天空中绽放过。我们在哪一年可以用一个决定让一生改变，谁都算不出流年。过好每一年、每一天，俗物养人，平凡是真。

第三条河岸

父亲是一个尽职、本分、坦率的人。在我的印象中，他并不比家里的其他人更愉快或更烦恼，也许只是更沉默寡言一点儿。是母亲，而不是父亲，在掌管着我们家，她天天都责备我们——姐姐、哥哥和我。

但有一天，发生了一件事——父亲竟自己去订购了一条船。

父亲对船要求很严格，小船要用含羞草木特制，牢固得可以在水上漂二三十年，大小要恰好供一个人使用。母亲知道后，唠叨不停，牢骚满腹，质问父亲是不是想去做渔夫。父亲什么也没有说。

离我们家不到一公里的地方，有一条大河流经，水流平静，又宽又深，一眼望不到对岸。

我永远也忘不了小船送来的那天。父亲并没有显出什么特别的神情，他像往常一样戴上帽子，对我们说了一声“再见”，没带食物，也没拿别的东西，就这样走了。我原以为母亲会大吵大闹，但她没有。母亲脸色苍白，从头到尾只说了一句话：“如果你出去，就待在外面，永远别回来。”

父亲没有吭声，他温柔地看着我，示意我和他一起出去。于是，我们一起向河边走去。我强烈地感到无畏和兴奋："爸爸，你会带我上船吗？"

父亲只是看着我，为我祝福，然后做了一个手势，要我回去。我假装照他的意思做了，但当他转过身去，我便伏在灌木丛后面，偷偷地观察他。我看见父亲上了船，渐渐划远，船的影子像一条鳄鱼，静静地从水上划过。

从那天以后，父亲就再也没有回家。其实他哪儿也没去，就在那条河里划来划去，漂来漂去。我们每个人都吓坏了，都猜想父亲疯了。母亲觉得羞辱，但她几乎什么都不讲，尽力保持着镇静。

河上经过的行人和住在两岸附近的居民说，无论白天黑夜，都没有见父亲踏上陆地一步。他像一条被遗弃的船，孤独地、毫无目的地在河上漂流。人们一致认为，对父亲而言，食物是一个大问题，总有一天，他会离开大河，回到家中。

可是他们大错特错了。

父亲有一个秘密的补给来源，那就是我，我每天都偷食物带给他。父亲离家的头一天，我们全家人在河滩上燃起篝火，对天祈祷，朝他呼喊。我感觉到深深的痛苦，想为他多做点儿什么。

第二天，我带着一块玉米饼、一串香蕉和一些红糖来到河边，焦躁不安地等了很久很久。终于，我看见那条小船，远远的，孤独的。父亲坐在船板上，他看见我，却不向我划过来，也没做任何手势。我把食物远远地拿给他看，然后放在堤岸的一个小石穴里。从那以后，我天天这样。

后来，我惊异地发现，母亲知道我做的一切，而且总是把食物放在我轻易就能偷到的地方。原来，她怀有很多不曾流露的情感。

日复一日，年复一年，生命在废弃和空寂中流逝，父亲却一点儿都不在意。他从不踏上泥土、草地或河岸一步。从没生过火，他没有一丝光亮。然而，对我来说，仅仅拿走我放在石穴里的一点点食物，是不足以为生的。我常常担心父亲，他的身体怎么样？不停地摇桨要消耗他多少精力？河水泛滥时，他又怎么能幸免于难？

姐姐生了一个男孩，她坚持要让父亲看看外孙。那天天气好极了，我们全家来到河边。姐姐穿着白色的新婚纱裙，高高地举起婴儿，姐夫为他们撑着伞。我们呼喊、等待，但父亲始终没有出现。最后，姐姐哭了，我们都哭了，大家只能彼此携扶着回家。

后来，姐姐和姐夫搬走了，哥哥也到城里去了。时代在不知不觉中改变，母亲老了，和女儿一起生活，最后，母亲也走了。只剩下了我一个人。

我从未考虑过结婚，我留下来独自面对一生中的困境。父亲，孤独地在河流上漂着的父亲，他需要我。我知道他需要我，尽管他从未告诉我们他为什么要这样做。不管怎样，我都不会因这件事责怪父亲。

我的头发渐渐地灰白了，可是父亲依然没有回来。我不禁问自己：我到底有什么不对？我到底有什么罪过？

我渐渐因为衰老而心力交瘁。生命踌躇不前，同时想到疾病和死亡。父亲呢？他为什么要这样做？终有一天，他会精疲力竭，只好让小船翻掉，或者任凭河水把小船冲走，直到船内积水过多而沉入激流中。哦，天哪！

我等待着，等待着。终于，父亲在远方出现了，那儿，就在那儿。我庄重地指天发誓，尽可能大声地叫着：“爸爸，你在河上浮游太久了，你老了，回来吧，你是不是非要这样下去不可？回来吧，我会代替你，就现在，如果你愿意的话。无论何时，我都会踏上你的船，顶替你的位置。”

父亲听见了，他站了起来，挥动船桨向我划过来。他接受了我的提议。我突然浑身战栗起来。因为他举起手臂向我挥舞，这么多年来，这是第一次，我不能……我害怕极了，我毛发直竖，发疯似的跑开了，逃掉了。因为父亲像是另一个世界来的人，我一边跑一边祈求他的宽恕。

极度的恐惧带给我一种冰冷的感觉，我病倒了。从那以后，没有人再看见过父亲、听说过父亲。可是，我还是一个男人吗？我不该那样，我本不该沉默。但明白这一点又太迟了，我不得不在内心广漠无际的荒原中生活下去。

我恐怕活不长了，在我死的时候，我要别人把我装在一只小船里，顺流而下，在河上迷失，沉入河底。

天使的女儿

独自住在外面已经三四年了，在这些日子里，我早已习惯一个人生活，感觉什么都很简单随便。虽然有很多小事情都要自己去做，但那都不算什么，只要我自己喜欢，谁管得着我。

有一天晚上，我在倒垃圾时发现了一个纸箱子。本来以为里面可能是弃猫或弃狗，结果打开一看，竟发现里面有个婴儿。我不知道我是否后悔打开了它，因为我不自觉地赶紧将它又合了起来，站起身后就想离开了。可是，走到一半时，突然听到婴儿的哭泣声。顿时，我的心就软了，于是，我又走回去将婴儿抱起，然后带回自己家中，打算第二天早上再去报案。

当抱回家后，婴儿一直哭个不停，我完全不知道应该怎么办。突然，我想到婴儿会不会是因为大小便没清干净的关系，于是，就把婴儿的尿布拆开来看。这时，我才发现原来是个女婴。

就在拆开尿布的一瞬间，我差点儿就吐了出来，因为我没想到婴儿的大便竟那么臭，所以我一手捏住鼻子，一手想将尿布拿掉，可是又想到好像没有新的尿布可以换，所以只好狠下心来再把旧的尿布包回去。结果，她感觉到后哭得更大声了，可是她不知道，其实我也很想哭啊！

因为没事给自己找了一个大麻烦，我一下子就变成了保姆。可惜的是，我不是天才保姆，我只是一个平凡的单身贵族。

我抱着她到超级市场买了一些婴儿食品和用品后，赶紧回到家中，因为我害怕遇到熟人，光是想象那个画面我就汗流浃背了。我真不知道该用什么表情去面对他们。于是，一路平安地回到家里后，不禁先感谢上帝的保佑，再立即用笨拙的手法帮她换尿布，想让她不要再哭了。

可是，没过多久，她又开始哭个不停，这让完全没有经验的我立即慌了手脚，站在原地不知如何是好。在看到奶粉的刹那间，我想到她可能是肚子饿了。于是，我立刻冲泡了牛奶给她喝，果然，她喝完牛奶后，安静地睡着了。看着她那沉睡的神情，不知为何，我心中竟有一种满足感，或许是辛苦努力后所获得的成果出现在我眼前了吧！

第二天，我抱着她到警察局报案，然后，又抱回家中等待警方的消息。可是，一个月过去了，还是没有人认领她。警方便问我是要将她送到孤儿院，还是要认养她。就在我犹豫的时候，她笑呵呵地看着我，双手愉快地挥动着。就在不知不觉中，她融化了我的心，也更坚定了我要照顾她的决心，所以，我决定认养她做我的女儿。

可是，我的女友因此和我分手了，但是我并不后悔这样的选择。为了我这个女儿，我开了一家小型的便利商店，好让我能一边工作，一边照顾她。我时常在心里想，这一切或许是我上辈子欠她的吧！

在她懂事后的某一天，她问我，别人都有妈妈，为何只有她没有。于是，我只好骗她说，她母亲生下她后就去世了。她相信后，就再也没有问过我了。虽然有时候她还是会问她母亲过去的事情，我只能编一大堆谎言来搪塞她，但是我并不后悔下地狱后会被割舌头，因为我希望她能在我的谎言中幸福地生活。

有一天，她下课后慌张地跑到店里来找我，欲言又止。我关心地问她怎么了，听完她支支吾吾后，我才明白，原来是她的初潮来临了，所以她有些疑惑与慌张。可是听完后，又变成我支支吾吾地不知道该如何向她解释。那天晚上，我去买了一本有关这方面的书给她，解决她心理上与生理上的疑惑。由于她长得颇有几分姿色，在她读初中时，已有不少男孩子追求她，所以我总是非常担心她受骗或是被欺负，所以管她管得非常严，规定她晚上十点前一定要回家，而且只要有男孩子打电话来被我接到，无一幸免会被我骂得急忙挂上电话。有的男生甚至一听到我的声音就立即挂上电话，我心想，我的恶名恐怕已经远近闻名了。

还记得我们父女俩第一次吵架，是因为她晚了一个小时才回来。由于她从来没有这样过，于是我怀着不安与烦躁的心情重重地骂了她，也因此我们冷战了一个星期。最后在她的撒娇下，我终于还是屈服了。我也曾想过，若他是男孩子的话，可能早就被我打一顿了，但是，她是我的女儿！

还有一次，我差点儿被她骗到眼泪。那天晚上，我和平常一样关了店门后，准备回到家中休息。可是一进家门，发现家中一片漆黑，气氛有些诡异。我正想打开电灯，女儿出现在我身旁，叫我先不要开灯，于是，我被她一路牵着走到了客厅。突然，她将桌上蛋糕的蜡烛点燃，对我说父亲节快乐。

一时间，我的心中有些感动。她又接着说，要送我一个礼物。我虽然嘴上说不用了，但是心里多少有些期待。忽然，她抱住了我，在我耳边说：“爸！我爱你！”我听到后，强忍住感动与泪水，轻轻地拉开她的手，跟她说，爸爸想先去洗手间一下。其实，我是不想让她发现我的泪水。

不知不觉，她已上大学了，而我也已日渐苍老。可是看着她一路成长，我还是不后悔为她所做的一切，因为我觉得她就是我的亲生女儿，是老天爷赐给我的女儿，也是我在这世上独一无二的宝贝。

一天晚上，女儿跑到我的房间对我说，有个女人说是她的母亲，更把事情的前因后果都告诉了女儿，希望能原谅她，认她这个母亲，重新开始跟她一起生活，以弥补这十几年来她这个母亲所亏欠的一切。

女儿听到后当然是不太相信，可还是忍不住跑来问我是否属实。而基于我心中对她十几年来的感情，当然是不可能把女儿还给她的，所以我跟她说，那女人是骗她的！

可是，第二天，女儿去上学后，那女人跑来找我，更将为何抛弃女儿的前因后果跟我说清楚了。原来，她当初是未婚生子，而男友在她生下小孩后，竟抛弃她和别的女人走了，她家里人又不肯体谅她，所以她只好狠下心来将孩子丢在了垃圾堆旁。事后她非常后悔，但是当她发现我认养她女儿后，认为由我照顾她的女儿，孩子一定会过得幸福快乐，所以她就在女儿的身边，悄悄地看着女儿一天天长大，直到如今。可是，我还是不愿意将女儿还给她母亲，因为，女儿是我的。

最后，女人跪下来求我，说出她为何直到今天才出来认女儿。原来，她已经得了乳癌，所以希望在她去世前能和女儿相认，更希望能和女儿生活在一起，让她了却心中的遗憾。可是，我还是没有给她答案。她留了一张名片给我，希望我能和她联络。

晚上，女儿回家后，我鼓起勇气跟她说明事情的真相，叫她回去找她母亲重新开始生活，也叫她忘了我这个父亲。可是，她死都不肯离开这个家。她含着泪水对我说，她绝不会离开这里。我铁了心肠将她拖到门口，想赶她离开。她硬是拉住门把手反抗着，露出抵死不从的神情。

终于，我狠心地打了她一巴掌，在她的脸上留下我的手印，趁她惊愕地看着我时，把她母亲给我的名片丢在门口，叫她去找她的母亲，也顺势赶紧将门关了起来，任她在门外敲打哭喊着，我也不开门让她进来。

就在我用后背抵住门的时候，我控制不住泪水的泛滥，难过得哭了起来，因为我竟打了我最心疼的女儿，还让她如此伤心，我心里怎么会不难受呢？我含泪躲在房间的被窝里，想要让自己听不到她的哭喊声，可是她不停地在门外喊着："爸爸！爸爸！"喊得我的心都碎了。

早上醒来后，我落寞地坐在餐桌旁，看着空荡荡的桌子，想起平常都是女儿做早餐给我吃，可是如今她已不在了，也许她早已经回到她母亲的身边了。可是，就在打开门要去开店时，我愣住了，她竟然没有离开，整夜都待在门外。

这会儿，她似乎是哭累了睡着了。看着她那未干的泪水和红肿的双眼，我好心疼。突然，她在睡梦中喊着："爸！我不要！我不要离开你！我不要！爸！”我终于忍不住哭了，低下身子将她抱紧：“小翎！爸在这里！爸在这里！”

她微睁开双眼后感觉我抱住了她，于是她将我抱得更紧，哭着说：“爸！我不要离开你！我不要离开你！你要我做什么都行，你打我骂我都没有关系，但就是不要赶我走，爸！好不好！女儿以后一定会更乖的，绝不会再让你生气的，真的！好不好？爸！”

我抱着她，哭着说：“爸爸绝不会再赶你走了，绝对不会了！爸爸也绝对不会再打你了，你的脸颊还疼不疼？让爸爸看看！”

女儿含着泪说：“不疼！只要爸爸不赶我走，就一点儿也不疼！”

突然，我的肚子饿得叫了起来。我含泪微笑着对她说：“乖女儿，你爸早餐还没吃，肚子有点儿饿！”

她立即忍不住笑着说：“爸，那我赶紧去做早餐给你吃喔！我一定会做出全天下最好吃的早餐给你的。”在她高兴地跑去厨房做早餐时，我心想，只要是女儿做的食物，就是全天下最好吃的，只因她是我的女儿！

后来，女儿也听了我的话，和她母亲相认了，陪她度过了生命中的最后几个月。当然，我没有不准她回家，反倒是她有两个家可以轮流跑，因为她说她无法放下任何一个，尤其是她的老爸！听得我笑在脸上、甜在心里，她还真是一个会撒娇的女儿啊！

在她出嫁的那一天，我本来想拒绝出场的，因为那个可恶的男人竟然从我身边把女儿给抢走了，我对他实在痛恶万分。可是女儿非他不嫁的神情与决心，让我心软了，只好答应那个臭男人的提亲，让本来只属于我的小宝贝，变成了别人的老婆，唉！害得我都不知道自己是否有恋女情结了。

当我正将思绪从记忆中拉回时，才发现女儿已钩住了我的手，笑盈盈地看着我。原来，音乐声已经响起，她在等我把她带入教堂的最前端，交给那个可恶的男人。

突然，她问我："爸，你怎么了？怎么好像有心事？"我板着脸回答她："你都要嫁人了，老爸还会开心啊！"她微笑地说："爸，你好像小孩子喔！"

女儿笑着催促我赶快向前走，因为新郎已在前面等我们了。我心想，现在，她老公可能比她老爸重要好几百倍了，在牵着她走到前面的路途中，我不自觉地想起她婴儿时的模样。第一次会走路时可爱的模样，第一次拔牙痛得直哭的模样，第一次上幼儿园时天真的模样，第一次被我剪头发觉得很难看哭了半天的模样，第一次带她到动物园时高兴的模样，第一次过父亲节时抱着我说爱我的模样，第一次交男朋友变得很有女人味的模样，第一次男友来提亲明显有些娇羞的模样，第一次看到她穿新娘礼服牵着我时美丽动人的模样……

想到这里时，我们已经走到新郎旁边了，我有点儿舍不得放开女儿。于是，我瞪了一眼那个夺走我女儿的男人。可那个傻小子只是一直傻傻地对着我们笑，不知道他是对我笑，还是对他的老婆笑，还是因为从我身边把我女儿抢走了，而对我露出胜利的笑容。

忽然，女儿微笑着对我说："爸，你放心！虽然他是我生命中最重要的人，但你是排第二的喔！我会永远爱你的！"

于是，我干笑了一下便放开女儿，让她奔向他的怀里，心中骂着那个臭男人："臭小子！你最好让我女儿过得幸福快乐，要不然，我就要你好看！还有，你最好给我小心点儿，因为我随时随地准备把第一的宝座抢回来，现在就先听我女儿的话，勉强当当第二好了！你听到没？臭小子！"

最好的音乐是无声

辽宁北部有一个城市——铁岭。

在铁岭的工人街街头，几乎每天清晨或傍晚，都能看到一个老头儿推着豆腐车慢慢走着，车上的蓄电池喇叭会发出清脆的女声："卖豆腐，正宗的卤水豆腐！豆腐咧——"

喇叭里的声音是我的，那个买豆腐的老头儿，是我的爸爸。

我的爸爸是个哑巴，直到我二十几岁，才有勇气把自己的声音放在爸爸的豆腐车上，替换下他手里摇了几十年的铜铃铛。

两三岁时，我就懂得有一个哑巴爸爸是多么屈辱，因此我从小就恨他。当我看到有的小孩儿被妈妈使唤着过来买豆腐，却拿起豆腐不给钱就跑，爸爸扯着脖子也喊不出声的时候，我不会像大哥一样追上那孩子揍两拳，而是伤心地看着那情景，不吱一声。我不恨那个孩子，只恨爸爸是个哑巴。

尽管我的两个哥哥每次帮我梳头都疼得我龇牙咧嘴，我也还是坚持不再让爸爸给我扎小辫儿了。妈妈去世的时候，没有留下大幅遗像，只有她出嫁前和邻居阿姨的一张合影，黑白的二英寸照片。爸爸被我冷淡的时候，就翻过支架方镜的背面看妈妈的照片，直看到必须干活了，才默默地离开。

最可气的是，别的孩子总叫我“哑巴老三”（我在家中排行老三）。我骂不过他们的时候，就会跑回家去，对着正在磨豆腐的爸爸，在地上画一个圈，往圈里吐一口唾沫。虽然我不明白这究竟是什么意思，但别的孩子骂我的时候，我就这样做。我想，这大概是骂哑巴最恶毒的“语言”了。

第一次这样骂爸爸的时候，他停下手里的活儿，呆呆地看了我好久，泪水像河水一样淌下来。我是很少看到他哭的，但是那天，他躲在豆腐坊里哭了一晚上。那是一种无声的悲泣。因为爸爸的眼泪，我似乎终于为自己的屈辱找到了出口，以至在以后的日子里，我会经常跑到他的跟前去骂他，然后自顾自地走开，剩他一个人发呆。只是后来，他已不再流泪，而是把瘦小的身子缩成更小的一团，偎在磨杆上或磨盘旁边，显出更让我瞧不起的丑陋样子。

我发誓要好好念书，上大学，离开这个人人都知道我爸爸是个哑巴的小村子。这是我当时最大的愿望。

我不知道哥哥们是如何相继成了家，不知道爸爸的豆腐坊里又换了几根新磨杆，不知道冬来夏至时，那磨得没了沿锋的铜铃铛在多少个村寨里响过……我只知道仇恨般地对待自己，发疯地读书。

1992年，我考上了大学。爸爸头一次穿上姑姑在1979年为他缝制的蓝褂子，坐在初秋傍晚的灯下，表情喜悦而郑重地把一堆还残留着豆腐腥气的钞票送到我手上，嘴里哇啦哇啦地不停地“说”。

我茫然地听着他的热切和骄傲，茫然地看他带着通知书满大街去通知亲戚邻居。当我看到他领着二叔和哥哥们把他精心饲养了两年的大肥猪拉出来宰杀掉，请遍父老乡亲庆贺我上大学的时候，碰到了我坚硬的心弦，我哭了。

吃饭的时候，我当着大伙儿的面给爸爸夹了几块猪肉，我流着眼泪叫着：“爸，爸，您吃肉。”爸爸听不到，但他知道了我的意思，眼睛里放出从未有过的光亮，泪水和着散装高粱酒大口地喝下，再吃上女儿夹过来的肉，我的爸爸真的醉了，他的脸那么红，腰杆儿那么直，手语打得那么潇洒。要知道，十八年啊，十八年，他从来没见过我对着他喊“爸爸”的口型啊！

我上大学之后，爸爸继续辛苦地做着豆腐，用带着豆腐淡淡腥气的钞票供我读完大学。1996年，我毕业分配回到了距我乡下老家四十里的铁岭。安顿好了以后，我去接一直单独生活的爸爸来城里享受女儿迟来的亲情。可就在我坐出租车回乡的途中，车出了事故。

我从大嫂那里知道了出事后的一切——过路的人中有人认出这是老涂家的三丫头，于是腿脚麻利的大哥、二哥、大嫂、二嫂都来了。看着浑身是血、不省人事的我，他们哭成一团，乱了阵脚。最后赶来的爸爸拨开人群，抱起已被人们断定必死无疑的我，拦住路旁的一辆大汽车。他用腿扛着我的身体，腾出手来从衣袋里摸出一大把卖豆腐的零钱塞到司机手里，然后不停地画着十字，请求司机把我送到医院抢救。嫂子说，天生懦弱的爸爸，那个时候，显出无比的坚强和力量。

在为我清理伤口后，医生让我转院，并暗示哥哥们，我已没有抢救的必要了。因为当时的我，几乎量不到血压，脑袋被撞得像个瘪葫芦。爸爸扯碎了大哥在绝望中为我买来的丧衣，指着自己的眼睛，伸出大拇指，比画着自己的太阳穴，又伸出两根手指指着我，再伸出大拇指，摇摇手，闭闭眼。那意思是说：“你们不要哭，我都没哭，你们更不要哭，你妹妹不会死的，她才二十多岁，她一定行的，我们一定能救活她！”

可是，医生仍然表示无能为力。他让大哥转告爸爸：“这姑娘没救了，即使要救，也要花好多好多钱，就算花了钱，也不一定能救得回来。”爸爸一下子跪在地上，又马上站起来，指指我，高高扬扬手，再做着种地、喂猪、割草、推磨杆的姿势，然后掏出已经掏空的衣袋，再伸出两只手正正反反地比画着。那意思是说：“求求你们了，救救我女儿，我女儿有出息，了不起，你们一定要救她。我会挣钱交医药费的，我会喂猪、种地、做豆腐，我有钱，我现在就有四千块钱。”

医生握住爸爸的手，摇摇头，表示这四千块钱是远远不够的。爸爸急了，他指指哥哥和嫂子，紧紧握起拳头，表示：“我还有他们，我们一起努力，我们能做到。”见医生不语，他又指指屋顶，低头跺跺脚，把双手合起放在头右侧，闭上眼，表示：“我有房子，可以卖，我可以睡在地上，就算是倾家荡产，我也要我女儿活过来。”他又指指医生的心口，把双手放平，表示：“医生，请您放心，我们不会赖账的。钱，我们会想办法。”

大哥把爸爸的手语哭着翻译给医生，不等译完，看惯了生生死死的医生已是泪流满面。他那疾速的手势，深切而准确的表达，谁见了都会泪下！

医生又说："即使做了手术，也不一定能救好，万一下不来手术台……"爸爸肯定地一拍衣袋，再平比一下胸口，意思是说："你们尽力抢救，即使不行，钱一样不少给，我没有怨言。"

伟大的父爱，就这样支撑起我的生命，也支撑起医生抢救我的信心和决心。我被推上了手术台。

爸爸守在手术室外，不安地在走廊里来回走动，竟然磨穿了鞋底！他没有掉一滴眼泪，却在守候的十几个小时里起了满嘴大泡，他不停地混乱地做出拜佛、祈求上天的动作。

也许是爸爸的恳求感动了上天，我活了下来。但半个月的时间里，我一直是昏迷状态，我对爸爸的爱没有任何感应。面对已成"植物人"的我，其他人都已失去信心。只有爸爸守在我的床边，坚定地等我醒来。

他粗糙的手小心地为我按摩着，他不会发音的嗓子一个劲儿地对着我哇啦哇啦地呼唤着，他是在叫："云丫头，你醒醒，云丫头，爸爸在等你喝新出的豆浆！"为了让医生护士们对我好，他趁哥哥换他陪床的空当，做了一大盆热腾腾的水豆腐，几乎送遍了外科的医护人员。尽管医院有规定不准收病人的东西，但面对如此质朴而真诚的表达和请求，他们都轻轻地接了过去。爸爸满足了，也更有信心了。他对他们比画着说："你们是大好人，我相信你们一定能治好我的女儿！"

在我住院期间，为了筹齐医疗费，爸爸走遍他卖过豆腐的每一个村子，用他半生的忠厚和善良赢得了足以让他的女儿穿过生死线的支持。乡亲们纷纷拿出钱来，而父亲也毫不马虎，用记账的铅笔歪歪扭扭却认认真真地记下来：张三柱，20元；李刚，100元；王大嫂，65元……

半个月后的一个清晨，我终于睁开眼睛。我看到一个瘦得脱了相的老头，他张大嘴巴，因为看到我醒来而惊喜地哇啦哇啦大声叫着，满头白发很快被激动的汗水濡湿。爸爸，我那半个月前还黑着头发的爸爸，半个月，老了二十岁！

我剃光的头发慢慢长出来了，爸爸抚摸着我的头，慈祥地笑着。曾经，这种抚摸对他而言是多么奢侈的享受啊。半年后，当我的头发勉勉强强能扎成小刷子的时候，我牵过爸爸的手，让他为我梳头。爸爸变得笨手笨脚，但仍然一丝一绺地梳着，可半天也梳不出他满意的样子来。我就扎着乱乱的小刷子，坐上爸爸的豆腐车改成的小推车上街去。有一次，爸爸停下来，转到我面前，做出了抱我的姿势，又做个抛的动作，然后捻着手指表示在点钱，原来他要把我当豆腐卖喽！我故意捂住脸哭，爸爸就无声地笑起来。我隔着手指缝儿看他，他笑得蹲在地上。这个游戏，一直玩儿到我能够站起来走路为止。

现在，除了偶尔的头疼外，我看上去十分健康。爸爸因此得意不已。我们一起努力还完了欠债，爸爸也搬到城里和我一起住了，只是他勤劳了一生，实在闲不下来，我就在附近为他租了一间小棚屋做豆腐坊。爸爸做的豆腐，香香嫩嫩的，块儿又大，大家都愿意吃。我给他的豆腐车装上蓄电池的喇叭，尽管爸爸听不到我清脆的叫卖声，但他是知道的，每当他按下按钮，他就会昂起头来，满脸的幸福和知足，对我当年的歧视竟然没有丝毫记恨，让我都不忍向他忏悔了。

我常想，人间充满了爱的交响乐，我们倾听、表达、感受、震撼。然而，我的哑巴父亲让我懂得，其实，最好的音乐是无声的，那是不可怀疑的力量，它把我对爱的理解送到最高处。

笨蛋爸爸和聪明女儿

她头顶白纱，雪白的礼服衬得肌肤白皙透亮。礼服底下，纤细柔软的身段显得体态曼妙轻盈。她偏着头，微微笑了，洋溢着幸福的光晕。几个朋友突然拥了进来，一瞬间，只听见女孩们愉悦的笑声和杂七杂八的喜庆贺词，响在大厅的每一个角落。

她和朋友们笑着、闹着，突然都安静了下来。她们眼对着眼，将所要表达的语言情感，在彼此的眼中传送和交换，一双双顽皮的笑眼互相眨动着，似乎正诉说着彼此才懂的悄悄话。

她笑着搂住朋友的臂膀，和她们欢欣地拥抱、亲吻。接着，新郎走到她的身边，并向她的朋友们微笑示意，女孩们识趣地退场了。

新郎低头在她的耳边悄声细语，她“哧”的一声笑了出来，像是警告似的，在他的脚上用力踩了一下，痛得他直吸气。他无奈地看着她，温煦而包容地笑了。

“他一定会好好待她的吧。她嫁给他，一定会幸福的吧。”我静静地凝视着她的身影，心中无限感触。

像是心有灵犀，她忽然顿住手头的动作，转过身，看向我。似乎是她早就知道我在这里一样，她的目光是那样笔直准确。她朝我嫣然一笑，出声唤我："爸！"

遥遥两岁的时候，我和她同时失去了生命里挚爱的人：我的妻子，她的母亲。

当时我的事业刚步上正轨，努力工作了一年多，总算有了不错的绩效。可是正因如此，成堆的工作业务接踵而至，烦琐沉重的事务顿时压得我喘不过气来。就在这个非常时期，妻子去世了。我深爱的妻子，去世了。

那时，我觉得脑子里似乎有什么神经要被拉扯得崩裂了。我还没付完房贷，还没存够旅行的钱，还没能将这个家完整地安定下来……为什么，她就这样离我而去了？我的脸埋在双手里，感到深深的绝望。

一旁的遥遥看着她母亲的遗照发呆，没哭也没闹，因为她什么都不懂。她拉扯我的袖子，一直到我抬起头看她才停止。她天真地对我露出笑容，并伸出短小的双臂。我抱起她，亲吻她的脸颊，这一直是我们每天的"例行公事"之一。日子，依然是要过下去的。

遥遥的相貌和性情，与已故的妻子十分相像。也许是因为从小就没了母亲，她变得独立而且早熟，她拥有同龄的小孩所没有的灵敏聪慧，总能很快地把事情处理完善，从不让我操心。相对的，我这个做父亲的并不怎么称职，对于教育她，我并不积极，因为她总会自动去求解。

"为什么我没有妈妈呢？妈妈到哪里去了？"小小的她，常常依偎在我身边，等待我的回答。

“妈妈是天使，她回天堂去了。”我只好搬出老套的说辞。

“老师说世界上没有天堂或天使，只有地狱和阎罗王。”遥遥义正词严地说。

有没有搞错啊？难道遥遥的老师是佛教徒？

“爸——”女儿又疑惑地望向我。

“我说实话。”我只好想其他理由。

她绷着小脸，紧盯着我，像是在审查我回答中的谎言成分。

“因为，妈妈嫌房子小。”我小声说。

“骗人！”遥遥大喊。

“是真的，妈妈说房子太小了，只够两个人住，她又不想睡阳台，没有办法，只好离开我们了。”我像煞有介事地说道，甚至哈哈大笑起来。

“骗人！爸爸，你不要再开玩笑了啦！”遥遥并没有跟着我笑。她瞪着我，脸颊因为气恼而泛红。

“爸爸，”她说，“同学们都笑我没有妈妈，我觉得这没有关系，因为老师说，做人要知足，所以，我有爸爸就好了。可是你为什么要一直骗我？为什么不告诉我妈妈在哪里？你以前说，等我长大就会告诉我，可是现在我长大了，你为什么还要跟我开玩笑？为什么不告诉我实话？”

看到女儿受伤的样子，我觉得自己似乎犯了一个很大的错。一时间，我哑口无言。

过了好一会儿，她才缓缓地开口说话：“爸爸，妈妈死了吗？”

“是的。”我伸出手，轻轻地抚摸女儿的头。

她抿起唇，盯着地上，什么话也没说。

“遥遥，你想妈妈吗？” 我一把抱起她，问道。

“不想。”她纤细的双臂圈住我的颈项，“我不知道妈妈是谁。”

“妈妈是世界上最爱你的人喔。”我说。

遥遥垂着眼思考了一下，问：“那爸爸呢？”

“爸爸也是。”我笑道。

有一天，遥遥气冲冲地回到家里，她一看见我便走了过来，挤在我身边的沙发上。我的目光正随着电视画面的转换而移动，没看到她含怒的面容，直到大腿传来了一阵刺痛感，我才回过神来，把电视机音量调小，茫然地看着她。

她放开捏着我的小手，气愤不平地向我抱怨：“我真的不懂，为什么男生这么喜欢扯女生的头发？”

“怎么了？”我问。

她气鼓鼓地瞪着前方，缓缓地说：“就是我上次跟你说的，那个坐在我后面的坏学生啦。他每次都在上课的时候，偷偷扯我的头发。”

“这年纪的男孩子，个性都很幼稚呀。”我说。

“难怪男生容易秃头。”她依然没有消气，“因为他们老是爱做一些令人生气的事。”

“遥遥，这是因为人家喜欢你啊。”我温柔地看着女儿。

“爸爸。”遥遥似乎因为我为这个男生说话而更生气了。

“我没有骗你，我小时候也像他们这样。”

她看着我，一副疑惑不解的神色，质问道："你也拉过女生的头发？"

"嗯。"我肯定地点点头。

"爸爸以前也这么讨人厌吗？"遥遥调皮地笑了。

"是啊。原谅爸爸吧。"我懒懒地说，"我都已经被你诅咒得会秃头了。"

"笨蛋爸爸。"她白了我一眼，小声嘟囔着。

我不置可否，继续看电视节目。

"爸爸不会秃头啦。"过了一会儿，遥遥突然低声说道，"因为爸爸知错能改。"

真不愧是童言童语，我不禁哑然失笑。

"感谢上天赐给我改过自新的机会。"我配合地说道。

在遥遥升上小学六年级的同时，我突然意识到，她已经到了开始发育的年纪。她开始长高，女孩特有的身材曲线和第二性征也逐渐明显起来。我发现，她已经不再是个小女孩了。我为她的成长感到欣慰，同时也感到有点儿手忙脚乱。对于女孩子的事，我实在是一窍不通啊。如果遥遥是男孩就好了。那时，我时常这么想。

青少年在这种时期的状况是很多的，不管是关于什么，都会是最敏感的事。毕竟我也曾是个少年，也曾遇到过一些令我尴尬和彷徨的事，甚至曾惹出过一些不小的麻烦。我也想过，如果当时我的父母多体谅我一点儿，我就会表现得更好了吧。因此，我希望尽我所能，至少提供一些遥遥会需要的生理或心理方面的协助。但是，我必须去接触的问题，使我差点儿打了退堂鼓，那就是关于生理用品的采买行动。

“爸爸。”她打开房门，给了门外局促不安的我一个白眼。

“你到底想干吗？”我被她突如其来的开门举动给吓呆了，像是做坏事被逮着，我的背上冷汗直流。舌头也冻结了，卡在嘴里无法出声。

“你到底想说什么就说啦！你整天一直跟在我身边，鬼鬼祟祟、吞吞吐吐的，问你什么事又不说！有什么事说了会比世界毁灭严重吗？你有事快说！”她露出十分受不了的表情。

“遥遥……”

“嗯。”她懒懒地应道。

“爸爸……陪你去买内衣好不好？”我终于说了，好像一切都结束了，让我有种如释重负的感觉。我回过神来，竟看见遥遥正以一种惊吓过后的呆滞表情看着我。她一直保持那样的表情看着我，然后在很短的时间内，她的脸涨得通红。

“我知道这种事很不好意思……可是遥遥，女孩子都会经历这个阶段的，大家年纪和你相当的时候，都是这样，一路上会遇到许多令人心慌和尴尬的事。你会发育、会成长，我们就必须为了迎接你的长大做准备，但是，你要知道，没有一件事是可耻的。你懂我说的吗，遥遥？”

“我……”她低着头，耳垂仍隐隐发红，发出有点干涩的语调，“我已经有了啦。”

“啊？”我诧异地问道，“有了？”

“我上次跟朋友一起去买了啦！”

“怎么会？你怎么不跟爸爸说一声？”等我问完，才发现这是个白痴问题。

“我干吗要跟你说！”她恼羞成怒地用力把我推出门外，“讨厌，爸爸你出去！出去啦！”

“我讨厌？我……”我有点儿搞不清楚状况。

“爸爸最讨厌了！”她丢出一只抱枕，用力地摔上门。

我傻愣愣地抓着抱枕，视线还停留在她的房门上。这，也算是成长必备的阶段吧？

遥遥上高中后，变得更加独立自主了，开始能够在不需要问我的情况下，决定一些事情。我也收敛了一下嘴皮子，不再什么事都天马行空地瞎扯或逗弄她。我开始和她正经地讨论事情、说些道理了。

遥遥十七岁生日的那天，要求我带她去妈妈的坟上扫墓。我感到很意外，以前她从不主动要求这种事的。遥遥凝视着墓碑上的文字刻纹，轻声问：“爸爸，你现在还喜欢妈妈吗？”

“嗯。”我放下花束，也跟着蹲下身来。

“妈妈一定是很好的人吧。”她轻轻地说，“如果她还活着，我一定会像喜欢爸爸一样喜欢她。可是，我对两岁前与她相处的印象一点儿都没有……”

“没关系的。”我说。

“只要想起一些片段也好，想起妈妈的耳朵、眉毛也好，想起她抚摸我脸颊的样子也好，这样我就能满足了吧。”遥遥靠在我身上，闭上发红的眼睛，“爸爸，我说了谎，我一直都很想念妈妈。”

我摸摸她的头：“我知道。”

我突然想起妻子。我想起她随时挂在脸上的笑容；想起她刚戴上结婚戒指时眼角闪烁的泪光，以及遥遥刚出生时，她慈爱地亲吻孩子脸颊的模样。她的身形和面容，此刻毫无预警地侵袭着我的心房，我不禁悲伤起来。她在天国，过得好吗？

“爸爸想再婚吗？”遥遥问我。

“很难找到像你妈这么好的人了。”我微微一笑，“遥遥想要一个新妈妈吗？”

“才没有。”她小声地说，“我只是怕你寂寞。”

我笑着揉了揉她的头，说道：“反正爸爸现在有你陪嘛，等你嫁人了，再来想这个问题吧。而且到时候，你也许有了经济能力，可以花一笔钱，把你老爸送到养老院啊，那里有许多和我年龄差不多的中年怪老头，我怎么会寂寞？”

我开玩笑地说着，心里却有点儿感慨。以后女儿嫁人了，我们也会疏远的吧。也许开始的时候，她的探望还会十分频繁，但是那能维持多久？即使我们是如此亲密的血亲，那又如何？产生距离上的障碍和情感上的疏离，这是迟早会发生的事吧。我想，最终我是一定得面对寂寞的。

“我绝对不会这么做。”她肯定地说。

我笑了，站起身，跟着拉起她：“该走了，乖，跟妈妈说声再见吧。”

遥遥瞪了我一眼：“爸，你不要跟我讲话的时候，老当我是小孩子一样。”

“我一直都当你是小孩子啊。”我笑道。

“我已经长大了！”

“好，随你怎么说，我们不要在你妈妈面前吵架，好吗？”

“笨蛋爸爸。”她说。

遥遥由小女孩转变成女人，似乎是一瞬间的事，好像我一转身，她就已经亭亭玉立，以一个女人的身份站在那里了。甚至，我有时会有点儿恍惚，不能辨清她真正存在的形体，到底是不是我所熟悉的那样。

遥遥跟我谈起他，是在那天饭后。

“爸，”她放下筷子，正视着还在慢条斯理吃饭的我，“你觉得他怎么样？”

“谁怎么样？”我皱皱眉头，把菜里的洋葱丝儿挑出来。

“就是上次我带回来吃饭的那个人啊……爸，你不要挑食了，都几岁了还这样！”

“挑食还分年龄啊？”我站起身，从冰箱里拿出一罐冰啤酒。她看着我，还在等我的回答。

“遥遥，”我说，“你跟他的事，你自己清楚就好了啊，这种事用不着问我吧。”

老实说，她说的那个男人，我只见过那一次而已。印象中，他总是带着温柔的笑，感觉有点儿傻气。他不但吃饭会弄脏袖子，看电视节目会发出“咯咯”的笑声，还会不小心将伞忘在我们家里，十足的粗枝大叶。可是，这个男人，配遥遥这样独立的女孩，也许是合适的吧。

“我想听听你的意见啊。”她说。

“好吧。”我耸耸肩，“我只能说，他人虽然老实，却糊涂得很。”

遥遥闻言，“哧哧”地笑了出来：“他跟爸爸很像呀。”

“像？他跟我哪里像？”我疑惑了。

“你们两个都是一样的，老是让我放心不下。”她说。

“没有这种事吧，我都是这么大的人了，怎么会让你放心不下？”我微微怔了一下。

“爸，”她眯起眼，看着我，“你啊，对我的事，还有工作上的事，都算得上是称职、细心，但是你对自己的事就不怎么在乎了。你还记得我大二那年，你患肺炎住院的那件事吗？我吓都被吓死了！我一不在你身边，你就出这种事！你知道你多让人操心吗？”

那件事，我当然记得。那天在医院里，一醒来，就看见一个女孩，哭肿了双眼，依偎在我身边，等我醒来。而那场病的下场，是一个热烈的拥抱和一顿骂，以及一连串的絮絮叨叨。

“那只是个意外嘛。”我说。

“对我来说，发生这种事，一次就很可怕了。”

“是的，我会努力改进，不会再犯。”我点了点头，迅速地转移话题。“别提这些了，你和那个人，打算什么时候结婚啊？”

……

然而，一年后，遥遥真的嫁出去了。新郎，依旧是一年前的那个他。

我真心为她感到喜悦，却也隐隐觉得寂寞。从那天开始，我就只能一个人看Discovery（《发现》，一档探索类电视节目）和NBA（美国男子篮球职业联赛）转播了，再也没有人会抢走我的遥控器，说要看什么HBO（Home Box Office，家庭影院频道）；也不会有人在我回家喊累的时候，好心地为我下厨做羹汤；在我出门的时候，耳旁不会再出现细声细语的叮咛；更不会有人在我讲混话的时候，皱起眉，对着我喊“笨蛋爸爸”。

我想，我会开始像她去台北求学的那几年一样，时常无措地望着电视机，时常将自己的时间耗在无意义的事情里。我会在深夜里忽然醒来，全身涌上极度的孤寂感。

“爸爸，你在发什么呆啊？”遥遥站在门外，探头对我说道。

“没有啊。”我回过神来。

遥遥的突然出现让我感到有些欣喜，毕竟我好几天都没见到她了，日子老是过得迷迷糊糊、浑浑噩噩的，总是无法习惯独居的生活。我对女儿的依赖，似乎有点儿无可救药了。

“没有就好。那来帮忙搬东西吧。”

我愣了一下，才醒悟过来，她是要我帮忙搬家。婚礼已经结束一个星期了，她自己的东西应该早就全带走了，还会有什么要搬的？我纳闷了。

“只有几件东西而已，都在楼下。”她对我说道。

“是要我搬到车上吗？我先去开车吧。”

“爸，你在说什么啊？我是要你把东西搬上来。那些是阿平的东西，他要搬来我们家住。”

“啊？”

“女婿住在岳父家里，这种事你不会介意吧？”

“阿平他父母住在香港，他一个人在台北租房子。我们两个住还可以，再把你接过去，就小了。所以，我和他讨论过了，他搬来我们家住，也省得麻烦。”

“遥遥……你要跟爸爸一起住吗？”我呆呆地问，总觉得这样的好事不太真实，我下意识地捏了捏脸颊。遥遥，你真的愿意和我住在一起吗？你会一直忍受爸爸的许多坏习惯，继续和爸爸共同生活下去吗？我想这么问她，却激动得喉咙生涩，发不出声音来。

“一开始就这么打算的啊。爸爸，你没人盯着实在不行。”她一副无奈的样子，我看着她，愣愣地傻笑着。

“爸爸，你又在发什么呆？”

“我很高兴啊。”我说，“被拆散的父女终于团圆了。”

“笨蛋爸爸。”她笑了出来。

真的，我衷心感谢，感谢我的今后，我的下半生，总有一个她。而她，是我和我的妻子最引以为傲的好女儿。

你要去相信，
你就是奇迹

Chapter 6

风往哪个方向吹，草就要往那个方向倒。年轻的时候，我也曾经以为自己是风。可是最后遍体鳞伤，我才知道我们原来都只是草。

——《艋舺》

妈妈

整理行李的时候，如果妈妈不叉着腰过来指点一下，我一定就会出乱子。比如，遗落手机电源的事已经发生过不止一次。

妈妈的家里藏着很多法宝，各种神奇的抹布、收纳盒、奇形怪状的主妇用品。我猜，我也马上会变贤惠的。

这几天，家里快要被搬空了，客厅里堆满了箱子，但我一点儿也不想走。每个人都说我不恋家，可是不在妈妈身边的时候，反而更依赖她。

寒假在济南一天用了5G流量，把一千五百多块的账单晒给妈妈看。在电话里，听她骂骂咧咧的，心情一下子就变好了。

每次去虹桥机场，都乘坐早上八点钟那班飞机。我舍不得打车，又起不来床，每次都差点儿误机。在路上，我喜欢打电话把妈妈吵醒，听她清嗓子骂几句，就觉得妥妥的，一定晚不了。

我一点儿也不乖，学不会报喜不报忧。今年春天生了一场病，到现在也没完全好，这次生病甚至让我不能离家太久太远。我想，听从命运的安排吧。

前几天，带朋友来家里住，她说我对妈妈态度不好。我说，哦，一直都是这样。

妈妈最近几年迷上网购，我和爸爸都看不惯。其实，几乎没有一件东西是买给她自己的。

我得了那么多衣服和首饰，得了便宜还卖乖，嫌她乱花钱。

十年前，妈妈很爱美，住在宁津小镇，每周都坐客车往荣成跑。她的衣服全都上百，而当年每月的工资都不过千。可是现在，她的衣服还是这个价位。去妈妈单位，看着其他人时尚的衣服，还是觉得她最美。爸爸不太顾家，文弱的文科生妈妈真的是无所不能，而且很隐忍。

去商场买大包小包的东西，妈妈总是自己提着重物，我要帮她拿，她也不给，真是逞强。这个时候我就会发火，说那你就自己拿吧。可是转过身，偷瞟她一眼，看她一瘸一拐的，心里又会特别不好受。

明明自己喜欢吃的东西，妈妈偏要留给我，可是我根本不领情。反而又会发火，反正我不吃，你爱吃不吃。

妈妈以前是文艺青年，到现在，我们还经常看同一本书。以前写东西，她是我的第一个读者。这两年我投的稿件，都是她帮我改病句和错字。我想，我将来一定要给妈妈出本书。

以前，我的每本假期作业都是妈妈代抄的。她抄得无比认真，就算是画各种她不懂的物理化学符号，也要画对。因为妈妈不管做什么事都较真儿。

妈妈不会过马路，一定要等车都走了才迈腿，我就在马路对面笑嘻嘻地看着她。没办法啊，石岛又没有天桥。

昨天，我跟妈妈说：“我又找了一个云南的……”

“什么？云南的？太远了！不行不行！”

“是室友啊，又不是男朋友。”

其实，在择偶方面，妈妈并不是太担心我，可又怕我搞出什么惊天幺蛾子。她也早就不相信“我从来没谈过恋爱”的鬼话了。最好还是不要找爸爸那样类型的吧，刚才妈妈还在唠叨。

都快要走了，东西还没有归类。床上一团糟，我没理她，她灰着脸走了。我越来越难过，

快要做不成她的小小女儿了。总觉得成年就是一个坎儿，虽然走在街上没人能猜中年龄，可我一点儿也不想长大。年纪小，不管是装成熟还是乱撒娇，似乎都能被容忍。

妈妈以后可怎么办呢？

妈妈，我们回家吧

苏志满下班回家，刚推开门，饭厅里就传来妻子周慧玲的咆哮声。

“煮淡一点儿你嫌没有味道，煮咸一点儿你又说咽不下去，你究竟想怎么样？”

母亲一见儿子回来，二话不说便把饭菜往他嘴里送。

妻子怒瞪了他一眼。

苏志满试了一口，马上吐出来，温和地说：“我不是说过了吗，妈有病，不能吃太咸。”

“那好，妈是你的，以后由你来煮。”周慧玲怒气冲冲地回房间。

苏志满无奈地轻叹一声，然后对母亲说：“妈，别吃了，我去煮面给你。”

“志满，你是不是有话想跟妈说，是就说好了，别憋在心里！”

“妈…… 我下个月升职，会很忙，至于慧玲，她说很想出来工作，所以……”

母亲马上意识到志满的意思，哀求道：“志满，不要送妈去养老院。”

志满沉默片刻，试图寻找更好的理由：“妈，其实养老院并没有什么不好。你要知道，慧玲一旦工作，一定没有时间好好服侍你。养老院里有吃有住，还有人服侍和照顾，不是比在家里好得多吗？”

“可是，阿财叔他……”母亲没有说下去。

洗完澡，草草吃了一碗方便面，志满便进了书房。他茫然地伫立于窗前，有些犹豫不决。

母亲年轻时便守寡，含辛茹苦地将他抚养成人，还供他出国读书。但母亲从不用年轻时的牺牲当作要挟儿子孝顺自己的筹码，反而是妻子总以婚姻要挟他。真的要让母亲住养老院吗？志满问自己，有些不忍。

“可以陪你下半生的人是你老婆，难道是你妈？”阿财叔的儿子总这样提醒他。

“你妈都这么老了，好命的话可以多活几年，为何不趁这几年好好孝顺她呢？树欲静而风不止，子欲养而亲不待啊！”亲戚们总是这样劝他。

苏志满不敢再想下去了，怕自己真的会改变初衷。

傍晚，太阳收敛起灼热的金光，躲在山后憩息。晚风轻拂，夕阳斜照，忽然下了一场毛毛细雨，天空出现一道彩虹。那是建在郊外山冈的一座贵族养老院。是的，钱用得多，苏志满才心安理得。

当苏志满领着母亲步入大厅时，崭新的电视机，42英寸的屏幕上正播放着一部喜剧，但观众一点儿笑声也没有。几个衣着一样、发型一样的老妪歪歪斜斜地坐在沙发上，神情呆滞而落寞。有个老人在自言自语；还有个老人正缓缓弯下腰，想捡起掉在地上的一块饼干。

苏志满知道母亲喜欢光亮，所以为她选了一间阳光充足的房间。从窗口望出去，树荫下，一片芳草如茵。几名护士推着坐着轮椅的老者在夕阳下散步，四周寂静得令人心酸。纵有夕阳无限好，毕竟已到了黄昏，他心中低低叹息。

“妈，我要走了。”母亲只能点头。

志满离开时，母亲频频挥手，她张着没有牙的嘴，苍白干燥的嘴唇在嗫嚅着，一副欲语还休的样子。

苏志满这才注意到母亲银灰色的头发、深陷的眼窝以及满是皱纹的脸。

母亲，真的老了！

苏志满忽然记起一则儿时旧事。

那年他才六岁，母亲有事回乡，不便携他同行，于是把他寄住在阿财叔家几天。母亲临走时，他惊恐地抱着母亲的腿不肯放开，伤心地大声号哭道：“妈妈不要丢下我！”最后，母亲终究没有丢下他……

想到这里，他连忙离开房间，顺手把门关上，不敢回头，深恐那记忆像鬼魅似的追缠而来。

他回到家里，妻子与岳母正疯狂地扔着母亲房里的一切。

三寸高的奖杯——那是他参加小学作文比赛《我的母亲》获得第一名的胜利品；《新华字典》，那是母亲一整月省吃俭用买给他的第一份生日礼物；还有母亲临睡前要擦的风湿油，没有他为她擦，带去养老院又有什么意义呢？

“够了，别再扔了！”苏志满怒吼道。

“这么多垃圾，不把它扔掉，怎么放得下我的东西。”岳母没好气地说。

“就是嘛！你赶快把你妈的那张烂床抬出去，明天我要为我妈添张新的！”

一堆童年的照片展现在苏志满眼前，那是母亲带他到动物园和游乐园拍的照片。

“它们是我妈的财产，一样也不能丢！”

“你这算什么态度？对我妈这么大声，我要你向我妈道歉！”

“我娶你就要爱你的母亲，为什么你嫁给我就不能爱我的母亲？”

雨后的黑夜，分外冷寂，街道萧瑟，行人、车辆格外稀少。一辆宝马车在路上飞驰，频频闯红灯，呼的一声又飞驰而过。轿车一路奔往山冈上的那家养老院，他停车后直奔上楼，推开母亲卧房的门。苏志满幽灵似的站着，看到母亲正抚摸着风湿痛的双腿低泣。

母亲见儿子手中正拿着风湿油，显然感到很欣慰：“妈忘了带，幸好你拿来了。”

苏志满走到母亲身边，跪了下来。

“夜深了，妈自己擦就可以了，你明天还要上班，回去吧！”

他嗫嚅片刻，终于忍不住啜泣道：“妈，对不起，请原谅我。我们回家去吧。”

她不丑，她是我妈妈

安娜握着一杯咖啡，坐在咖啡厅透明的窗台前，看着对面小学生放学的情景。那些妈妈和孩子，大手牵小手地携扶着，快快乐乐地回家。这一幕幕温馨的景象浮现在眼前，安娜不禁想起二十年前童年时的往事……

安娜本来是生长在一个非常幸福和富裕的家庭中，父母亲都是高学历的知识分子。父亲开了一家外贸公司，母亲则是个尽职的家庭主妇，一家人沉浸在家的温暖中，那种无忧的快乐总是挂在每个人的脸上。

有一天，母亲在厨房准备晚餐，正准备把刚刚炸东西剩下的锅底油倒掉，一不小心滑了一跤，那整锅滚烫的热油就直接从母亲脸上淋了下去，那一刻，母亲疼得大叫起来。那次事故，带给母亲永远无法愈合的伤痕。

然而，这个不幸并没有为母亲带来更多的关怀与安慰，取而代之的是冷漠、嘲笑、闪躲与排斥。安娜不许母亲再到学校来看她，因为怕同学笑，怕母亲会吓到别人。更可恨的是，父亲无法面对“破相”的母亲，竟然有了外遇，另结新欢，不久就带着这个女人远赴国外，逃避了眼前的种种压力、困难与责难。

虽然只剩下安娜和母亲，但母亲到处辛苦工作，从不曾让安娜过苦日子。安娜走到哪儿总是吃好的、用好的，衣食无虑。

有一次，安娜赶着去上学，却忘了带盒饭，着急的母亲立刻将盒饭送到安娜班里。当同学们看到一个“满脸伤痕”的妇人时，都七嘴八舌地问：“安娜，这是不是你妈妈啊？”安娜马上辩解说：“她这么丑，怎么会是我妈妈？她是我家的用人。”有位同学还接着说：“唉，找用人也得找好看一点的，否则可会吓到人喔。”同学们就这么你一句我一句的，好不快乐。

安娜的母亲放下盒饭，捂着脸、含着泪水快步跑出校门。就在此时，突然有位同学闯进来大声喊着：“安娜，你家的用人刚刚冲出校门时被货车撞倒了。”

医院寂静的一角，安娜红肿着双眼，抽搐着，用颤抖的双手不断地抚摸着母亲伤痕累累的脸颊，拥抱母亲冰冷的身体。

想到这里，安娜放下手中的咖啡杯，揉揉被泪水打湿的眼眶，捧着一大束纯白的康乃馨走出了咖啡厅，独自驱车前往母亲的墓园。

安娜低头伏拜在墓碑前，久久不起，墓碑上镶嵌着母亲烫伤后的照片，旁边篆刻着几个斗大的字：“她不丑，她是我妈妈。”

让全世界的人都知道我丢了

一

我三岁那年的一天傍晚，妈妈从地里干完活回家，发现我不见了。

她屋前屋后四处寻找，敲遍了所有邻居家的门，都没找到我。后来，邻居也帮着一起找，翻遍了连队的角角落落，还是没有找到。于是，便有人怀疑：莫不是我独自一人进了野地？又有人严肃地叹息，提到最近闹狼灾，某地某连队一夜间被咬死了多少多少牲畜……

我妈慌乱恐惧，哭喊着去找领导。她捶胸顿足，哭天抢地，引起了连长和指导员的高度重视。于是，连队的大喇叭开始反复广播，说李辉的女儿不见了，有知情者速来办公室报告云云，还发动大家一起去找。

连里的几乎每一个人听到广播后都放下碗筷，拿起手电筒出了门。夜色里，到处灯影晃动。连队还派出了两辆拖拉机，各拉了十来个人朝着茫茫戈壁滩的两个方向开去，乡亲们呼唤我的声音传遍了荒野。

一直到半夜，大家才疲惫地各自回家。没有人能安慰得了我妈，她痛

苦又绝望。妇女们扶着她回到家里，劝她休息，并帮她拉开床上的被子。这时，所有的眼睛都猛然看到了我，我正蜷在被子里，睡得香甜又踏实。

二

我二十岁时，去乌鲁木齐打工。一次外出办事，忘了带传呼机，碰巧那天我妈来乌市办事，呼了我二十多遍都没回音。

她开始胡思乱想，心慌意乱地守着招待所的公用电话。这时，有人煽风点火，说现在出门打工的女孩子最容易被拐卖了，比小孩还容易上当受骗。我妈更是心乱如麻，并想到了报警，幸亏被招待所的服务员劝住了。大家建议再等一等，并纷纷帮她出主意。

她坐立不安，又不停地打电话给所有亲戚，发动大家联系乌市的熟人，看有没有人了解我最近的动向。然后又想法子查到我的一些朋友的电话，向他们哭诉，请求大家联系到我一定要通知她。

于是乎，我所有的亲戚和朋友一时间都知道这件事了，并帮忙进一步广泛传播，说我莫名消失，不理我妈，要么出事了，要么另有隐情。一时间，大家议论得沸沸扬扬。

我妈一整天哭个不停，逢人就说我的模样、我的名字、我的工作，来乌市多久了……她认为我肯定出了意外，如果大家能遇到我，一定想办法帮助她。大家一边安慰她，一边暗自庆幸自家女儿懂事听话，从来没有发生过跑丢了这样的事情。

除了没完没了地打电话和向人哭诉外，我妈还跑到附近的打印店，想做几百份寻人启事。幸亏一时没有我的照片，只好作罢，否则的话我就更出名了。

而这些事通通发生在一天当中。很快，我办完事回去，看到二十多条留言时，吓了一跳，赶紧打车去那家招待所。一进大院，一眼就看到她茫然失措地站在客房大门前，焦虑又无助。我叫了一声“妈”，她猛一抬头，号啕大哭起来，一边快步向我走来，一边指着我，想骂什么，又骂不出来，但哭得更凶了，好像心里有无限的委屈。

直到很多年后，当我有事再去那家招待所时，里面的工作人员还记得我，还会对我说：“那一年，你妈找不到你了，可急坏了……”并对旁边的人津津有味地详述始末。

三

这些年，我差不多一直独自在外，虽然和妈妈联系得并不算密切，但只要一次联系得不通畅，她就会生很大的气，不停地问：“刚才为什么不接电话？为什么关机？”而我不接电话或关机肯定不是故意的，于是，被这么质问，我也会生气。然而，有时给她打电话，若遇到她不接电话、她关机的时候，我也会不由自主地着急，并在电话打通的时候，生气地质问她为什么、为什么、为什么。

联系不到她时，我也会胡思乱想，但永远不会像她那样兴师动众，

影响一大片。这些年来，她坚决不肯改变，仍然是只要一时半会儿联系不到我，就炸了锅似的骚扰我的朋友们，向他们寻求帮助，并神经质地向他们反复叙述自己的推理和最坏的可能性。大家放下电话后总会叹息：“李娟怎么老这样？”于是乎，我就落下个神出鬼没、绝情寡义的“好名声”。

而我妈则练就了一个查电话号码的好本领，无论是谁，只要知道了工作单位和姓名，茫茫人海里，没有她逮不出来的。

四

我已三十岁，早就不是小姑娘了，但还是没能摆脱这样的命运。

妈妈在乌市照顾病人，我独自在家。一天睡午觉，把手机调成了静音。于是，那天她一连拨了三遍我的电话，我都不知道。她老人家又习惯性地六神无主，立刻拨打邻居阿姨的手机，请她帮忙看一看我在不在家。那个阿姨正在地里干农活，于是飞快地跑到我家查看端倪。但她怕我家的狗，所以只是远远看了一下，见我家大门没上锁，就去向我妈报告说我应该在家，因为门没关。

这下，我妈把“门没关”误会成大门敞开了，顿时大惧。心想，我独自在家时一般都是反扣着院门，怎么会大打而开呢？于是乎，又一轮动员大会在我的左邻右舍间火热展开了。

她不停地给这个打电话，给那个打电话，哀求大家四处去找我，说肯定有坏人进我家了，要不然大门怎么会没关呢？还说我一个人在家，住的地方又荒凉，多可怕啊！又说打了三遍电话都没接，肯定有问题……很快，一传十，十传百，全村的人都知道我一个人在家出事了。

小地方的人都是好心人，于是，村民们扛着铁锹（怕我家狗），一个接一个陆续往我家赶，大力敲门，大呼小叫。把我叫出门后，又异口同声地责问我为什么不接我妈的电话，为什么整天敞着门不关……那一天里，我家的狗叫个不停，我也不停地跑进跑出，无数遍地对来人解释原因，并无数遍地致歉和道谢。午觉也没睡成。

可是，我后来想，我妈忘了还有座机吗？既然手机打了三遍没人接，为啥不试试座机呢？再说我家养的狗这么凶，谁敢乱闯我家？真是……

五

有这样一个没有安全感的母亲，被她的神经质撼摇了一辈子，我觉得自己多多少少也受了些影响，说不定在不知不觉中，早已成为一个同样没有安全感的偏执型人格障碍病患了。丁点儿大的小意外都会浮想联翩，绵延千里，直到形成重大事故为止，太可怕了。

她没有安全感，随时都在担心我的安危，是不是一直在为失去我而做准备？她知道总有一天会失去我，她的一生都心怀这样的恐惧而生活着，并且悲伤和痛苦不时地积累，日渐沉重。

每当她承受不了这样的悲伤痛苦时，只好借由一点点偶然的际遇而全面爆发出来。她发泄似的面向全世界的人跺脚哭诉，让全世界的人都知道我丢了。因为她的痛苦和不安是如此强烈巨大，非得全世界的人一起来分担不可。

她是最任性的母亲，又是最无奈的母亲。

我要找妈妈，你是我妈妈吗？

六月的一天，我独自一人在灯下备课，房间里突然响起一阵急促的电话铃声。

我拿起话筒喂了好几声，那边才传来一个女孩怯生生的、稚嫩而低婉的声音："你是妈妈吗？妈妈！"

"你找谁呀？"也许是受了那声音的感染，也许是怕惊吓了电话那端的孩子，我用极轻极细的声音问道。

"我找妈妈，你是妈妈吗？"她的声音极为倔强，充满一种渴望，又显出几分凄凉。

我明白了，这是一个正在寻找母亲的孩子。我故意拖长了声音："你是……"

"我是安安呀！"显然，孩子有些迫不及待了，也许是怕我挂了电话，声音也大了起来。

"安安，你在哪儿呢？"我以母亲的关怀问道。

我听到电话那一边"哇"的一声，女孩放声痛哭起来。

我大声喊道：“好孩子，快告诉妈妈，你在哪儿？”

电话里传来嘤嘤的抽泣，她哽咽道：“妈妈，我一个人在家里，好害怕。也没有吃饭，爸爸还不回来。作业我也做完了。我很听话。妈妈，你为什么还不回家呢？爸爸说你去了好远好远的地方，说我懂事了，你就会回来。妈妈，我现在懂事了，我各门功课全是班上第一名，可你怎么还不回来呢？”

我揪着的心终于落了下来。但孩子的话让我陷入了一种悲凉和迷惘。

我望着窗外袭来的沉沉暮色，不知是怎样结束那场谈话的。

只记得我以母亲般的慈怜对着电话说：“好孩子，如果你害怕了，如果你想妈妈了，就给我打电话。记住，妈妈永远想着你。”

她高兴地告诉我，她是通过电话簿找到我的名字，查出电话号码的。还说：“妈妈，你真难找。有一次，我听到的是老奶奶的声音，就马上放下了电话。有一次，是一个叔叔的声音，我说我要找妈妈，他就使劲儿地吼开了，好凶的声音，吓得我差点儿哭起来，但是我不怕，你是我拨了第九次电话才找到的。我真高兴啊！”

我实在不忍心听下去了，这是一个具有怎样遭遇的孩子呢？她有多大？上几年级？家住哪里……但这一切我都不敢去询问。既然是妈妈，怎么会不知道女儿的一切呢？如果问了，孩子会怀疑的。

此后，一连好几天，家中的电话一响，我就抢着去接。渐渐的，我知道了女孩的情况。

她在武昌一所小学读二年级，和我女儿一样大小。每天要乘一个小时的公共汽车去那里读书，中午用一块钱吃午饭，爸爸常常很晚回家。她是班上最优秀的学生，还是数学课代表……而且，我知道了她的名字叫黄莹，乳名叫安安。

安安很会唱歌，常常在电话里唱一些刚学会的新歌给我听。八月，学校放假后，我和丈夫带着女儿去北京旅游，整整一个月。

旅游回来的当天晚上，电话铃响了，是安安！电话那头是她很委屈的声音。她说，她每天晚上都给我打电话，就是没人接。

她问："妈妈，你去哪里了？学校放假了，别的孩子，有的去了夏令营，有的跟妈妈旅游去了。可我总一个人在家里，连说话的人都没有，好孤独。妈妈，我真想你带我去玩儿，同学们都看过了长江大桥，说可好看啦，可没有人带我去。"

我的心在战栗，可回答她的只有沉默。可怜的孩子，我能告诉你我带女儿去北京了吗？

我开始编起谎言来："妈妈暑假里太忙，出差去了。以后有了时间，一定带你去所有你想去的地方玩儿。"

期中考试结束以后不久，安安就来电话向我汇报她的成绩了。她说语文考了九十九分，是全班第一。第二名是叶丽丽，九十八分，她妈妈还奖了一大块巧克力。她的同桌张华才考了七十二分，挨了爸爸的打，屁股都被打红了。

我问道："爸爸奖励你什么了呢？"电话那头是一阵沉默。

许久，她才说："爸爸从来不管我，有几次老师要家长在作业本上签字，可爸爸很晚才回来，我就模仿他的字迹签了，结果老师狠狠地批评了我，说我撒谎，是个不诚实的孩子。妈妈，我以后再也不敢了。妈妈，你什么时候才能回家呢？你回来了，我就有人签字了。”

我的眼泪无法抑制地流了下来：“安安，乖孩子，好好学习，等妈妈回来，一定奖励你很多很多巧克力，给你签字。当然，如果成绩不好，妈妈也会打你屁股哦！”

那边是一阵欢呼，接着是甜甜的一声：“妈妈，拜拜！”

两个星期后，安安又打来电话，她以一种欢愉的声音对我说：“妈妈，数学测试卷发下来了，我才考了七十二分。真的，妈妈，你快回来打我屁股吧！”

我被这种喜悦震惊了。我明白安安的苦心，为了见妈妈，宁愿接受打屁股的惩罚。多么痴迷的童心啊！

自然，我很严厉地批评了安安。责备她如何不理解妈妈，让妈妈为她的学习操心，并再次撒了个谎，说我又要出差，根本抽不出时间回来看她。

她哭了，很委屈地哭了。她呜咽着说：“我错了。其实，我又撒谎了。本来我是很想考七十九分的，可我还是考了九十七分。我只是想见到妈妈才撒谎的。我保证以后再也不让妈妈操心了……”

一连五天，我每晚都等着安安的电话。第六天凌晨两点，电话机突然急促地响了起来。是一个男子尴尬而迟疑的声音：“请问，请问……对不起……我是安安的爸爸。孩子病了，发高烧，说胡话，一个劲儿要给妈妈打电话。我知道这样太冒昧了，我们素不相识，可是，我不知道安安是怎么牢牢地记着您这个电话号码的。她说，还有几天就到十一月十三日了……她要过生日，她说，她希望见到妈妈……”

我的心陡然揪了起来：“安安她，她怎么样了？告诉我，你们究竟是一种怎么样的状况？为什么……为什么她妈妈不在身边？”

电话那边突然压低了音量：“请，请您别着急，安安患的是肺炎，情况已经好转。我们的情况以后再告诉您。只是，我……我对不起孩子。”

我说：“别说了，让安安接电话。”

“妈妈！”一声期待已久的呼喊，把我的心都喊碎了。

“妈妈，我病了，在医院。别的孩子都有妈妈，打针还哭。我很坚强，只是想，想妈妈来陪陪我。妈妈，您能回来看我吗？”

我的喉咙哽住了，半晌，我才结结巴巴地说出一句：“好孩子……我……妈妈一定回来看你。”

我决定在安安生日那一天，买一大堆礼物送给她。

十一月十三日，这个星期四的下午，我买了一大盒巧克力，用精美的彩纸包好，上面写着：“祝我心爱的小安安生日快乐！”

我来到安安就读的小学，找到了她的班主任杨玉霞老师。我说明来意，也说了我和安安的电话奇缘，整个办公室一片肃静。杨老师告诉我，黄莹同学是她最疼爱的学生。她不仅学习成绩好，人也懂事。不幸的是，在她两岁那年，她妈妈由一位亲戚担保去美国留学，本来说好一年后再把丈夫和孩子也办过去的，但两年后她提出了离婚。

此后，黄莹的处境变得令人心酸。她的父亲因此变得情绪低落、酗酒、不管孩子，几次家长会都不见人影。黄莹完全是靠自己的毅力学习，没有人指导她，她自觉、发奋地学习，真是少见的女孩！

杨老师抽出一个作业本递给我。这是一篇字迹娟秀的作文，题目是《我的妈妈》。

“我没有见过我的妈妈，爸爸说她去了很远很远的地方。但我经常在电话里听到妈妈的声音。妈妈的声音很甜很甜，比鞠萍姐姐的声音还好听。我想我的妈妈一定很美，一定比苏雅的妈妈还美。

“她说她会从很远的地方回来看我。她还说我是世界上最懂事的女孩子。我有一个愿望，这个愿望只能告诉杨老师，就是有一天，我的妈妈能在我的作业本上签名，能看见我在艺术团的表演，妈妈一定会高兴的。”

读着读着，我的视线模糊了。我对杨老师说：“请你找出安安所有的作业本，我全给签上字。”

我在那篇作文后面，写下了一段批语：“女儿，你的作文写得棒极了，妈妈看了都流泪了。好孩子，你一定要相信，妈妈时时刻刻在你身旁。你的生日，妈妈送给你一盒巧克力，这是对你最好的奖励。明年你的生日，妈妈会来到你的身边。”

我不知道，我这样做能不能带给孩子一些慰藉，但我发誓在以后的日子里，我会尽力把那份温馨的母爱，一点一滴地渗透到孩子的心里。

Chapter 7

在爱情的四季里，你依然可以做自己

不管我们心碎多少次，阳光永远不会消失。如果在街上遇到个陌生的男人说，我们是不是在哪里见过，或者说，你是我梦里的主人公的话，也许那不是句空话也说不定，那个男人，也许就是你的命运也说不定。跟你一起的时光，就像被救赎了一样。

——《天国的邮递员》

许愿树

村子里有一个男孩要上战场，与他许下诺言的女孩，每天默默地许下一个愿望，然后把一粒种子埋在湖边。女孩细心地呵护每一粒种子，因为她深信，当种子发芽时，许下的愿望就能够实现。她的好友问她许下了什么愿望，她只是摇头笑笑，不回答。其实，她许下的愿望只有一个：希望他能平安。

战争结束了，男孩没有回来。女孩仍然执着地守护着她为男孩所种下的每一粒种子，尽管战争结束了五年，村里的人都劝她放弃。父母替她物色了一户又一户人家，女孩仍旧不为所动。终于，她的父母被逼急了，不理会女孩的抗议，硬是把她许给城里的一户人家。

女孩用各种方法去拒绝这桩婚事，但都没有效果。在举行婚礼的前一晚，女孩突然不再抵抗，乖乖地穿上那让全村女子都羡妒的礼服。家里人只道她终于想开，欢天喜地地去筹备第二天的婚事。却不知道女孩其实已悄悄地下定决心，她要守住自己和男孩的诺言。

婚礼当天，几乎全村的人都集合在丘上的教堂里。他们都衷心祝福这一对新人。但当新娘出现在地毯的另一端时，所有人全都呆住了：新娘的礼服不是白色的，而是被新娘手上的血染成了红色。看着受伤的新娘，尽管新郎力排众议要娶她，但男方所有的家人都坚持要退婚。女孩终于得到了她要的宁静，因为她被逐出了家门和村子。

十年、二十年、四十年、六十年……在人们早已忘记这段故事的时候，女孩仍然默默地灌溉着她的森林。尽管她已青春不再，她轻灵的脚步变得沉重，乌黑的头发已经花白，青春的脸庞也被岁月刻下了一道又一道的疤痕，但是她仍然没有停止。

女孩每天陪伴着她的树，直到天黑才回到自己在湖边搭建的小茅屋，女孩死得很孤独。因为她的树不能在她生病时照顾她，替她叫大夫，救她的性命。村里的几个小伙子看着不忍心，便把她葬在湖边的一棵树下。说也奇怪，从那天开始，尽管其他树都会随着季节的变换而有枯有荣，但那棵树，从那天开始就不再掉过一个果子，谢过一片叶子，仿佛周围的时间都停留在那一刻，不再流动。

从那一天起，湖边多了一个传说，不管男女，只要能够跨越那片森林，并在许愿树前埋下一粒有自己愿望的种子，那么愿望一定会实现。当然，前提是他的愿望必须是真心真意的。

听福伯说完整个故事的时候，我握住小妍的手不禁紧了一下。小妍仿佛了解我的心意，她默默地回握了我一下。其实，我们都不是第一次听这个故事了，几乎整个村子的年轻人都是听福伯说故事长大的。但是今天这个故事对我特别有意义，因为后天我就要随驻守这里的军队上战场了。

我不知道自己有没有机会回来，小妍答应我，她不会去送我，因为我离去的时候，她会站在许愿树前为我埋下一粒种子。但我希望小妍不要像故事里的女孩那么傻，没有人需要牺牲自己的一辈子去证明自己多么爱一个人，那样只会让你爱的人更加心疼。

“那，那个男孩子到底去哪里了？”这是每当我们听完故事后一定会问的问题。尽管我从八岁问到十八岁，福伯永远是用一个笑容、摇摇头来应付我们，然后再用他的拐杖撑起自己微跛的身躯，缓缓地踱步回家。我们也仍然会在每一次故事结束后问同样的问题，因为我们相信福伯只是卖个关子，总有一天他会告诉我们男孩到底去哪里了。其实，我们早已不下千万次地去猜测故事的结局。比如男孩死了、变心了、受伤了等，所以没办法回来，甚至连福伯就是那个男孩的说法都出来了，但是我们并没有妄下断语，因为我们相信，从福伯口中说出的结局，一定比我们的猜测要更动听，也更动人。

“我想……我可以回答你们那个男孩去哪里了。”一个年轻的声音传来。

听到这句话，我们每个人都转身望着这个从一开始就坐在我们身后跟着听故事却毫不起眼的年轻人。他大约二十岁，从福伯刚开始说故事时，他就在我们身后的一棵树下乘凉。本来也没什么人留意他，但他的惊人之语吸引了我们全部的注意力。

“怎么了？干吗直勾勾地看着我？你们不想知道故事结局吗？”年轻人笑着说。

“想！当然想！”不知道是谁先说出了这句话。

我想，应该不会有人责怪他的唐突，毕竟这个故事从小就在我们脑海和梦境中回荡过无数次。终于可以听到整个故事了，也算是给我临行的践礼吧！正当大家准备听年轻人继续说下去的时候，福伯反而说了一句话："也该是时候了，年轻人，你跟我来，你的故事，应该是先说给她听。"说毕，他拄着自己的拐杖，缓缓地向村子的另外一头走去。而年轻人仿佛也知悉福伯的心意，没有多问什么，只是默默地跟在福伯的身后，留下一脸错愕的我们。

当然，我和小妍不会放过这么好的机会，我们两人默契地交换了一下眼神，就偷偷地跟在他们的后面。福伯缓步走着，年轻人也默默地尾随在后。福伯时不时地向后看，显然不想让我们跟着他们，所以我和小妍也不敢跟得太近。还好这片树林是我们从小的游戏场所，所以，虽然我们一直保持一段距离，倒也不至于跟丢了。

走过了村子，越过了小溪，穿过了森林，福伯带着年轻人到一棵大树的树荫下。那是一棵很奇特的树。尽管当时已是秋天，周围的树也开始枯黄，但它仍保持着盛夏的模样。

"这……就是许愿树？"年轻人问。

"对。这也是她为他种的树。"福伯说。

"那么，我想我应该先介绍自己是谁。"年轻人边说边放下了行囊和他手中捧着的坛子。

"不用了。你来只用告诉她故事的结尾！"福伯打断了年轻人。但年轻人只是耸耸肩，轻轻地坐在树荫下，深深地吸了一口气……

原来，男孩并没有死。在战争结束后，男孩很幸运地活了下来，但是他并不快乐，因为在一次掩护村庄的行动当中，他射出的子弹打中了一个随同村人逃难的女孩。子弹打在她的背上，却狠狠地击在他的心上。同伴们劝他不要负这个责任，甚至有人愿意替他“解决”整件事。但是，男孩都拒绝了，他不愿为了掩饰自己的错误而造就更大的错误，所以他决定负责。

男孩静静地坐在女孩的床边，尽管全村人对他有所指责、同伴对他有所不解，但男孩都只是默默承受，因为他的心全都系在女孩的安危上了。在他不吃不喝的第五天，女孩终于醒了，但是，女孩从此再也无法走路，因为子弹击中了她的脊椎。男孩为了负责，自愿肩负起照顾这个女孩的责任。战争结束后，男孩也没有回家，他甚至克制自己不写信回家。他希望女孩当他死了，那么她才可以寻找自己无法给她的幸福。

受伤的女孩知道男孩并不快乐，她不希望自己的不幸带给别人不幸。男孩被她的善良感动了，决定向她求婚。就这样，他们结婚了。时光飞逝，转瞬间，这一对新人已经成为一对老夫妇，尽管年老的两个人行动都有所不便，但他们仍然相互敬爱、互相扶持。直到老爷爷死去的一年后，老奶奶整理他的遗物时，不经意地翻阅了他的日记，才赫然发现老爷爷根本不曾忘记过曾经与他许下诺言的女孩。

老奶奶每翻一页就哭一次，她心疼老爷爷的苦心，他明明不曾忘记过那个女孩，却为了老奶奶而留在这里，而且在她面前显露过一丝痛苦。但是在日记里，他对女孩的思念深刻到令人心痛。也许，他真正心爱的是那个女孩，但他从没让她受到一点委屈。老奶奶决定把老爷爷送回故乡，毕竟她拖累了他一辈子，是该让他回去的时候了。

“就是这样。”年轻人从包袱里拿出了一本日记，“这是他用对女孩的思念写成的。另外，我还有一句话想说。老爷爷他，到死也没有背叛女孩。他虽然和老奶奶结婚了，但是并没有生育，我也不是他们的孙子，我只不过是一直受他们照顾的孤儿罢了。”

“原来如此，你也该放心了。他从来就没有离开过你。”福伯一手抚摸着树，一边喃喃自语。

“还有一件事。”年轻人捧着坛子，“这是老爷爷的骨灰，老奶奶托我一定要把他埋在女孩的墓地上。”

“你就把它埋在这儿就行了，这里整片树林都是她的墓园。”福伯说。

年轻人在树下挖了一个洞，小心地把坛子和日记放进去，再埋起来。

“那么，我就此告辞了，我必须赶回去向老奶奶报告。”年轻人说完，对福伯微微鞠躬，头也不回地走了。福伯一个人静静地拄着拐杖，坐在树下。也不知道过了多久，森林里的雾渐渐大了起来。福伯突然说了：“你们先走吧，我还想再坐一会儿。”我和小妍很有默契地转身离开了。

回去的路上，雾很大，路上的景物和来的时候看到的完全不同。我不知道是不是我眼花了，但是我看到，除了我们之外，还有另外一对情侣在这里。我转头想问小妍她是不是和我一样看到了，没想到小妍笑笑对我说：“不管是不是‘他们’，我们都没有必要打扰他们。”我也笑了。对啊！换作我，相隔了那么久，我也不希望被人打扰啊！

第二天，我随军队的列车离开了。小妍依照约定没有来送我，因为我知

道，此时的她，正在许愿树前为我埋下一粒种子。一个月后，我在部队里收到小妍寄来的一封信。她说福伯走了，在他自己的床上。他走得很安详，因为当村里人发现他的时候，他脸上带着微笑。

另外，还有一件事。原来，福伯在走前交给小妍一封信，交代她在他离开这个村子的时候才准打开，现在他走了，小妍才打开信。她这才知道，原来福伯就是当年的新郎，他一直后悔当初坚持要娶女孩过门，更后悔他没有坚持留下她。他化身“福伯”，就是为了要守护着她，也为了能够让这个故事流传。现在，他等到男孩回来了，觉得自己也应该功成身退了，他毕竟守候了她六十年，他也累了，想休息了。

我一口气读完小妍的信件，把整个故事在脑海中完全地串联起来，感动不已。不管是女孩、男孩、福伯，还是受伤的女孩，他们都真正懂爱，而且在用心去爱人。

信末，我看到了小妍留下的一行附注——“不管怎样，答应我，不要乱开枪。”

送别

送别在我家是件很郑重的事。从走的前一天开始，父母就会起个大早，忙碌起来，把要给我们带走的东西列出单子，一样样地置办。有太多的东西想要给我们。大的重的有腊肉香肠、辣糟、腌酸菜、土布，小到几克一瓶的花椒末，还有辣椒面、辣椒油、花椒油等等。这些东西做起来都很费神，所以这天一家人都在笑嘻嘻地忙碌着。

忙到夜深时，围坐在厨房炉边闲聊，谁都不忍心开口说出那句“去睡觉”。通常我爸就是那第一个：“好啦，先这样，都去睡觉吧，明天还要一大早起来。”说着站起来，抹一抹脑门的头发，转身出门去了。然后他会和往日一样，挨个屋子给我们开好电热毯，铺平被子，才回卧室。

他看厨房灯火未灭，又下楼来，推开门说：“哎，电热毯还没热啊，再坐一会儿。”半小时后，又是他催促大家去睡。我妈会继续呆坐十来分钟，上下眼皮都打架了，才红着眼起来。尤其是我哥要走的那个晚上，她比以往都要沉默。

我妈最疼爱的是我哥，一碗水端不平的现象，在我们这么和睦的家庭也是存在的，而且有时候会比较明显。虽然我不愿意承认，可能连我妈自己都没有意识到，但事实确实如此。

我们三姐弟曾讨论过这个问题。每年春节过后，我们三个离家的时间通常都不一样。轮到我哥走时，我妈会格外用心。比如辣椒面、花椒油这些味道容易散的东西，必定出发前一天才制作，就是为了保持足够的新鲜，多一天是一天。路上的吃喝，她也比较操心，会想到要不要买点儿鸡爪子卤上带走，是不是剥半个柚子补充维生素啊，也考虑得细致周全。到了我和姐离开的时候，就相对马虎了。辣椒、花椒这些，把家里原先的包上就行。

我不知道我走之后，父母是怎样的情形，反正我哥离开之后的两天，我妈都面色灰暗，有时候无意识地眼泪就下来了。总是心不在焉，时不时会抬头看墙上的挂钟，问我爸："松该到了吧？怎么还不来电话。"夜里一两点，也睡意全无。我姐走之后，她就不会如此焦虑。

当然了，原因是多方面的，我们能理解。首先我哥是长子，再说离家太早，童年还未结束就失去了父母的看护，我妈总觉得欠他的爱太多。其次，他自小就特别乖，性格温和，不管生活还是学习，都无须父母操心，似乎天生就知道帮父母拾掇家务。学业更不消说，不仅让他们引以为傲，连整个镇子都以他为傲。

我呢，小时候还好，虽然淘气好动，但还服管教，到初二就成了野马，写检查都是批量生产。有时一口气写二三十份，反正每天都要用到，每次只需填上受罚原因和日期就可以了。到了初三，更因为"莫须有"的"盗窃试验室器材"的罪名，被处以留校察看。那天夜里，我头一次见到我爸流泪。

上高一后，我开始频繁地出现在班主任和校长办公室。再后来更别提了，逛派出所也成了家常便饭。为了报复，甚至纠集过一帮痞子流氓，夜里把派出所的门窗全砸了。到最后，高一下学期刚开始，就不得不逼着自己走上了流浪的路，自此，彻底沦为了一个没文化的盲流。跟我哥相比，真可谓一个天上游龙、一个地穴虫豸。

我姐在性别上吃亏了，重男轻女是中国的顽疾，我妈也受其影响。我爸是特别疼爱我姐的，只是我妈霸道，家里大小事都是她做主，所以爸对姐的疼爱就显不出来了。不过我仍然记得在姐高考前夕，爸会给她买奶粉和各种水果以补充营养。那时候，这些东西不是寻常消费品，相对昂贵。我不能碰，否则挨揍。不过我姐特别疼我，会偷偷分给我吃。

都长大后，我妈的那一碗水端平了许多，对待我们的差别已微乎其微，她也因我们顺利成人感到同样的欣慰。只是在某些时候，她会不经意地流露出对我们不同的期待和关切，而其中的高下之别，也越来越模糊了。

我想，她是知道自己内心是有偏向的，也想尽力纠正它，只是不能完全做到。能够如此，我已经感到无比幸福了。

父母都是性情中人，对功名利禄看得很淡，所以我哥轻易丢弃远大前程，一夜间变成闲云野鹤，父母虽有不解，但也没有半句干涉。而对我，他们的要求就更低了：只要不进监狱、不吃枪子儿就算万事大吉!

每年春节，都是欢愉与阵痛的交织。去年节后，我刚离开不久，还没上车，妈就来短信说：“早知道这么难受，干脆明年你们别回家过年了。我和你爸平时清清静静惯了，也不觉得，你们来了几天又走，家里刚热闹，一下子又冷清下来，受不了。刚才想叫你下来吃面，才想起你已经走了。”我一个壮如蛮牛的大老爷们儿，居然从进站口哭到了车上。

整理好行李，坐下后，看划过车窗的独山城。想起临别时，爸跟我走到街角，要拐弯了，我回头看，妈仍然倚在门口，手扶铁门。我顿时悲从中来，泣不成声。

最爱的是谁

有一天，国王来到佛陀跟前听法，并开始练习内观。而通常在家中只要有一个人开始学，慢慢的，法就会影响到家中其他的人。因为国王是一家之主、一国之长，他的影响力自然很大，家中所有的人都在练习这种方法，王后玛丽也成为一位很好的修行者。他们两人常在皇宫里的同一间禅房内观。

有一天，内观一小时后，国王问王后："若有人问你，你最爱的人是谁？你会怎么回答？"

王后说："我内观的时候，同样的问题也浮现出来，我发现其实除了自己，我谁也不爱。"

国王笑着说："好极了！我也有同样的问题、同样的答案。"

于是，他们两人相偕去见佛陀，并禀告他这件事。佛陀说："说得好！说得好！这是走出痛苦的第一步，当一个人开始发现这个问题的症结所在，就可以走出问题，解决问题，否则一辈子都活在想象中。"

人们常说，我爱我儿，我爱我妻，我爱我夫，我爱这个，我爱那个……其实，他谁也不爱，他只爱自己，爱自己的欲望、希望与梦想。甚至爱一个人是因为期待他能实现自己的理想，一旦他的行为与态度与自己所要的背道而驰，所有的爱就消失不见。所以，我们并不爱别人，而是爱自己。只要能认清这点，就很容易去除私念，走出以自我为中心的习性。

所以说，这是内观者第一个重要的体会。我们常在许多时候感叹世间没有完美的爱恋与情人，却忽略了自己要的到底是人还是神；我们常常希冀着完美浪漫的恋情，却忽略了浪漫和现实难以兼容的部分；我们常常爱上了感觉，爱上了默契，爱上了浪漫，却不一定爱这个人。

殊不知，你该爱的他（她），是因为他（她）是你的选择。没有人生来就是完美无缺的，如果你真的爱上一个完美无缺的人，那么，在以后相处的日子里，你们还有什么成长的空间呢？

他（她）的缺点，可以让你学会包容；他（她）的不足，让你可以为他（她）弥补。这样的爱情才有交集，这样的生命才有牵引。

那么，你还要去爱一个完美的恋情吗？其实，你爱上的只是一个完美的标准罢了，学着去爱一个肉体和心灵的结构体吧！爱你的选择和他（她）的不完美，你爱的是一个对象，而不是一个偶像。

让爱将彼此的缺憾填补起来，让爱使彼此的生命富足圆满。

永远不要放弃你所爱的人

凯伦像每一个好妈妈一样，当她发现自己怀孕了，就开始运用各种方法，准备让她那三岁的儿子米凯接受一个新的亲属。当米凯知道这个将诞生的宝宝是个女孩，便每天趴在妈妈的肚子上唱歌给自己的小妹妹听。

凯伦怀孕的过程很顺利，直到分娩时，才出现了困难。阵痛历经了数个小时，难道真的需要剖腹生产吗？凯伦咬紧牙关坚持着，在经历过数不清的阵痛后，米凯的小妹妹终于诞生了。但这个新生儿的健康状况很糟，她整夜号啕不止，家人只好叫救护车将她送入圣母医院的新生儿加护病房。

日子过得很慢，小妹妹的情况愈来愈恶化。儿科专家告诉凯伦夫妇："希望很渺茫，你们要做最坏的打算。"

凯伦和她的先生联络当地的墓园，为小女儿找了一块墓地。米凯在家里请求父母让他看看自己的妹妹，他要唱歌给她听。

周末就是葬礼举行的日子，也是小婴儿在加护病房的第二周，米凯一直吵着要给妹妹唱歌。加护病房是不允许小孩子进去的，但是凯伦不顾一切反对，她已经下定决心，无论如何都要带米凯进去。如果他现在不去看妹妹，可能就再也看不到妹妹活着的样子了。

凯伦给米凯穿上了一件超大号的旧西装，小男孩就这样光明正大地走进了加护病房。米凯看起来就像一只会走路的大衣箱，但是，护士长认出来他是个小孩子，就大声嚷着：“马上把这个小孩子带走，小孩子不准进来。”

凯伦的母性权威突然显露出来，平常态度温和的她，眼光冷冷地逼视着护士长，神色坚定不移地说：“他如果不给他妹妹唱歌，是绝不会离开的。”

凯伦把米凯抱到妹妹的床边，米凯注视着这个小婴儿在生命战斗中战败的样子，开始唱起歌来。米凯用他三岁纯真的声音，唱着：“You are my sunshine， my only sunshine，you make me happy when skies are gray……”（你是我的阳光，我唯一的阳光，当天空灰暗时，你让我幸福快乐……）

突然，小婴儿有反应了，她的心率变得平稳起来。

“米凯，继续唱。”凯伦激动不已，鼓励儿子继续为妹妹唱歌。

“You never know，dear，how much I love you！Please don’t take my sunshine away……”（亲爱的，你从来都不知道我有多爱你！请别将我的阳光带走……）

这时，小婴儿原本艰涩勉强的呼吸，开始变得很平顺，甚至像小猫呼吸似的呼呼作响。

“米凯，继续唱。”凯伦似乎看到了希望。

“The other night，dear，as I lay sleeping，I dreamed I held you in my arms……”（亲爱的，有一天晚上，当我入睡，我梦见我将你揽入我的臂膀……）

米凯的小妹妹似乎在哥哥的歌声中放松了，她渐渐地进入梦乡，阴霾被一扫而空。

“米凯，继续唱。”护士长的脸上也布满泪水，凯伦更是容光焕发，拼命鼓励儿子继续唱歌。

“You are my sunshine，my only sunshine！Please don’t take my sunshine away……”（你是我的阳光，我唯一的阳光！请别将我的阳光带走……）

葬礼的计划取消了。第二天，小婴儿已经完全康复，可以出院了。所有人都说这是“哥哥的歌唱奇迹”。医生们也只能说，这是一个奇迹，是米凯的不放弃救回了妹妹，这是爱的奇迹。

Chapter 8

心怀美好，就一定会通向远方

Love
Hurts
Deeply

磨难很爱我，一度将我连根拔起。从惊慌失措到心力交瘁，我费尽周折才悟出这条生存要诀——人类是自恋的，每个人在潜意识中都最爱自己。我孤身一人，但并不孤独。我依赖那些依赖我的人，信任那些信任我的人，帮助那些给予我帮助的人。如果我愿意，可以分裂出无数面镜子，让他们看见我，就像看见自己。察言观色和模仿学习是我的领域，像每个深受创伤的人那样，最终，我学会了随遇而安。

——《尘埃眠于光年》

最善良的傻瓜

基隆市七堵小学三年（8）班的同学们背地里都喊考试永远最后一名的王小立“阿呆”。因为他在任何活动里总是畏畏缩缩，不但不知如何表现，还常常连一个完整的句子都讲不完，更不用说上台背书了。他总是背完前面几个字，就傻在台上，老师只好不耐烦地用棍子轻敲一下他的大头，骂一声：“笨！下去。”

一些表现优异、功课又好的学生，也嫌小立嘴巴笨，眼神迟缓，一副智力不足的样子，都不愿搭理他。只有那些调皮捣蛋的学生，无聊时就绕着他寻开心。

九月，天气热得受不了，小立上过前面两堂体育课，脑袋晒得昏沉沉，下午最后一节是自修课，竟然又流起了鼻血。小立因为容易流鼻血，平时母亲就教他不要惊慌、乱动，静静坐着，按住鼻梁，拿出随时放在衣袋里的卫生纸轻拭，鼻血就会慢慢止住。小立照着母亲的话做过几次，心里也就不怕了。可是那天的鼻子，不知怎么了，竟像坏掉的水龙头，怎么也止不住血。王小立身上的纸都用完了，他清楚地感觉到热热的鼻血不断地倒流到喉咙里，又从他挡着鼻子的手指缝流了出来。他害怕得流出了眼泪。班上几个小女生躲得远远的，直叫着："怎么流那么多血，衣服都变成红色的了，好可怕哟！"男生们只会怪叫："哎呀！好红喔！"

后来，老师进来了，便叫人给王小立的母亲打电话。小立就那样仰着头，坐着等母亲来，同学们离得更远了。血，使得小立看起来比平时还脏、还恶心，而且更呆。带小立看完医生回到家里，母亲帮他擦洗干净，换好衣服后，小立再也忍不住，放声大哭起来。

"妈！我……我……我流……流鼻血的时候，都……没有人理……理……理我。呜——呜呜——呜——"母亲心如刀绞，这是多么敏感的一刻，无论她怎样回答满腹委屈的孩子，都无法抚平他内心的伤痕，母亲何尝不对同学的冷漠而难过？但是，她多么不愿意这样的难过一再重演。

考虑了许久，她终于开口："同学们不理你，是因为他们还小，忽然看到那么多血，很害怕，大家都还不太懂事，不知道怎样帮助你。今天，你的鼻血流个不停，才了解多么需要别人的协助，对不对？以后同学有困难，不要怕，勇敢地去帮助他们，做不到时要赶快去请老师或其他大人来处理，千万不要计较从前，做你该做的事，好吗？"

小立听完母亲的话，重重地点了点头。母亲的心又一阵抽紧，连忙扶住他的大头："不要乱动，要不然鼻血又流了。"折腾了一晚，小立终于安静地睡去了。

浴室里，有母亲沉重的叹息声。小立制服胸前那一大片殷红，染红了母亲的双眼，更刺痛着母亲看似坚强，其实非常脆弱的心灵。她一边软着双手无力地搓洗着小立的制服，一边想象着儿子瘫在座位上，双眼噙着恐惧的泪水，任由鲜血不断涌出。她无法理解那一班不理小立、连一张卫生纸也舍不得借给他的同学们。难道人类彼此的关怀是有条件的吗？母亲开始为小立接下来的一生感到忧心和彷徨，忍不住抽泣起来，成串的泪珠滴滴答答地落在鲜红的水里。此时，被母亲安抚后的小立却睡得香甜。

第二天，小立如常地上课去了，同学们依然对他不理不睬。偶尔有那么一两个好心的同学和他浅谈几句，他便兴奋得回家和母亲比画半天，看见母亲难得露出愉快的笑容，小立好开心。

天气渐渐转凉，大雨一连下了几天。小学校附近的公园里积了一池小水塘，水塘里有许多蝌蚪游来游去。一天，天忽然放晴，小朋友们放学经过，都禁不住诱惑来到水塘，抓起了蝌蚪。

三年（8）班的班长萧玉梅也和大家挤来挤去，抢着捞蝌蚪，但她一不小心，竟跌到水塘里了。水塘原本是挖来移植一株大树的，几乎有四尺深，不知怎么的，却空在公园里好长一段时间，成了人们乱倒垃圾的地方，经过大雨的浸润，里面除了烂泥就是杂物。

原本兴高采烈的一群孩子看见萧玉梅在水塘里挣扎，一下子都呆住了。水塘经过一阵翻搅，刺鼻的怪味随风飘扬，大家闻了都恶心不已，好几个同学吓得拔腿就跑。王小立望着在污水中挣扎的萧玉梅惊恐万分的小脸，仿佛看见当初满脸是血的自己，他想起了母亲的话：

“不要怕，勇敢地去帮助他们，做你该做的事。”他便下意识地把双手递给萧玉梅，并用尽全力把她拉了上来。

面对从水塘里被捞上来的班长，王小立简直不敢看她的狼狈相。平常那个制服光鲜、神气得从来就没有正眼瞧过他一眼的萧玉梅，竟然一副比自己还要悲惨的模样，而且哭得好不伤心。

没跑走的同学看到班长从头到脚裹着烂泥和数不清的秽物，还有几只黑黑的蝌蚪在她脚下乱蹦乱跳，早就忘了她是平时参加各种作文比赛、演讲比赛为校争光的班长，他们不约而同地退到一旁，怕自己也弄得一身脏。只有小立一反平常的木讷与迟钝，飞快地脱下白衬衫为她擦掉头发和脸上的烂泥巴，还把书包里用作晨间检查的小手帕拿出来给班长擦眼泪。那手帕是母亲买给小立的生日礼物，上面印了许多小立最喜爱的小汽车，他一次也没舍得用来擦脸，却在萧玉梅手里变成了一块抹布。

同学们看到王小立那样奋不顾身，仿佛受到了感染，也慢慢地靠近，有的安慰班长，有的帮她提起书包。一群孩子在夕阳下，彼此拉着手，走向萧玉梅的家。班长的母亲到学校找了校长，几天后，校长在朝会上表扬了王小立的勇敢行为，还要萧玉梅上台讲小立的故事。

萧玉梅说：“我被拉上来时，真的好臭！王小立不但没有嫌我脏，还不顾一切地清掉我头上的烂泥，我真后悔，以前为什么要对他……对他那么……那么凶……”

萧玉梅眼里含着泪水，断断续续地说完她对王小立的感激。所有同学的心都静止了，停留在一个温暖的地带上。他们对周遭人的嫉妒、挑剔，对生活的不满和轻视，仿佛一下子都烟消云散了。那一刻，他们的心，都像小立一样，纯净得可以去帮助任何一个人。

那天以后，再也没有同学取笑小立是阿呆了。虽然小立讲话还是结结巴巴，但是大家都渐渐有耐心听小立讲完一句话，老师对他也不再那么严厉了。慢慢的，同学们玩儿游戏时也有小立的份儿了。

面对截然不同的际遇，小立连高兴都来不及，哪里会记恨？ 而最最开心的人，当然是小立的母亲，她真庆幸自己有个善良而单纯的儿子，能逐渐张开双臂，开朗地迎接外面的世界。

受过伤的人，往往比一帆风顺的人更体贴，思考得也比别人多。

不良少年二三事

故事

历史课上，正当我趴在课桌上想象着以后如果穿越的话，我会在哪个朝代、成为什么人的时候，老师的一个黑板擦让我的困意一扫而光。她说，高三了。我“哦”了一声，然后擦了一下睡觉时流出的口水，拿出历史课本，假装一副读书的样子。

百无聊赖，我打开手机电视，全神贯注地看《百家讲坛》。那一期是董平教授讲王阳明出生那一段。貌似是这样的：在王阳明出生的前一天晚上，他的祖父和祖母都做了同一个梦，梦见观音踏着祥云为他们送来孙子。就在第二天，王阳明出生了。他家屋子后面还飘了一朵祥云，虽然那朵祥云没有幻化成一个“帅”或“有才”等字样，但注定了他的一生就是传奇。

看到这里，我无限感慨。放学后，一回家就屁颠屁颠地跑去问祖母，问我出生前一晚上他们是否做梦了，还问在我出生那天天气是否有异常。但祖母的回答让我失望至极，她想了半天才给我答案，讲的时候还激动地用手拍了下桌子。但由于老人过于啰唆，加上思维不够清晰，我只能将她当时的话加以整理。

祖母给予的回答大抵是这样的，说，在我出生的那一天她确实是做梦了，梦见了和我祖父去看海。而我出生的那天，天气没有一丝异常，晴空万里，没刮风，没下雨。由于是在南方，我想也没有下雪。

我却一直不相信这个事实，心里想着应该是祖母得了健忘症或是企图要隐瞒什么。我怎么能这么平凡呢？直到前几天，我帮忙收拾哥哥的书，看到了他在小学六年级的日记上，刚好记了我出生的那天，是这样写的：

2月25日，星期三，晴。今天天气晴朗，万里无云，窗外的向日葵还没开花。值得高兴的是，我终于有了一个弟弟。

这便是我的出生，没故事。

摩托

如果有机会的话，我希望再开着摩托车回到以前的校园，寻回一丁点儿记忆，哪怕记忆并不令人欢喜。

中学毕业时，家里有一辆被我改装的摩托车。说起那辆车，真的很厉害。那辆车光是在一个暑假里就载过一个学生会主席、四个文学社社长、一个镇长的儿子、一个黑社会老大的儿子。不过，俗话说，红颜薄命，牛车招风。那辆车最终在我和镇长的儿子、黑社会老大的儿子看海的路上被抢了。

当看到两辆面包车在前后围着我们的时候，我开始还以为是黑社会老大叫来为我们护航的，后来才知道，根本就不是这样。等我回过神来才意识到，是的，我们被抢了。那几个强盗抢走了我们的六百二十五块钱、三部手机、一辆改装的雅马哈、一部PSP①。

车被抢后，黑社会老大的儿子说："没事的，我叫我老爸查一下是道上谁干的，应该很快就能把车要回来。"

可是，到现在还没有消息。

镇长的儿子说："没事的，我叫我老爸给交警队长打电话，帮你留意一下，应该很快就能把车要回来。"

可是，到现在也没有那辆摩托的消息。

人物

我有一个哥哥、三个姐姐、两个妹妹、一个弟弟。但我的哥哥姐姐们没有一个考上大学的。小时候，我很聪明，谁都以为我能上个好大学。祖母只知道清华、北大，然后对我讲，要是清华考不上，我们就考北大。小时候还一直想着，应该不难吧。然而，上了高中才知道，我连北大青鸟都上不了。

---

① Play Station Portable的简称。是日本SONY开发的多功能掌机系列，具有游戏、音乐、视频等多项功能。

高中时，老爸想让我离开我的那些狐朋狗友，便跑上跑下地为我报了湛江市的重点学校，当时，我的入学成绩是全校倒数第一。

一进入高中，便过上了三点一线的规律生活——学校、宿舍、饭堂。那时候，我还信誓旦旦地告诉自己能行，然而，我们在欺骗不了别人的时候总想要欺骗自己，我发现自己并不行。每天早上，当六点的闹钟响起，我就将它调到六点二十分、六点三十分、六点四十分……我身体里的勤奋小人和懒惰小人打架时，失败的总会是勤奋小人。

因为高中文化课实在太难，我便想到了学艺术。我选择了美术，但当我学了两个月后还把圆形画成四方形的时候，便只好有自知之明地退出了。后来，我又想到学音乐，但最后发现音乐并不是只学着弹弹吉他、哼哼小曲。我每天都要上理论课、练美声，最后也就放弃了。我想，只可惜广东没有编剧专业的，要不，也许我能考得很好。

可是，这个世界并不是我们想象的那样简单，我想找童心，可是找不回来。

宅男

一位同学告诉我他可以待在家里打一个星期游戏的时候，我笑而不语。迫于各种压力，或者说太看高自己的能力，我高一的第二学期就辍学了。那时候，我已经能在各种报纸杂志发点儿“豆腐块”文章，再加上喜欢韩寒，便以为自己就是韩寒第二了。我想，他能用稿费养活自己，我也可以。但是，当我辍学两个月后，发现自己真的二了，而在“二”字之前，没有“韩寒第”这三个字。

退学时的家长签名是我假冒我爸签的，他并不知道我退学的事，一直以为我还在学校，每个月都依然寄钱给我花。

那时，我在离校不远的地方租了一间单人房，刚搬进去的时候，我总觉得自己离出名的时间不远了，连睡觉都时不时地幻想着自己出名了、赚很多钱的样子。我知道这样想很不厚道，但我只不过想把心里真正的想法表达出来罢了。我想，我只是个俗人，说不出写作是为了给后世留下一部佳作那种需要用双手紧握着良心才能说出的话。

但是，自从我辛辛苦苦地写了七万字的长篇被电脑病毒弄得了无踪影之后，我想起了韩寒的一句话——“现实理想，中间隔着南墙”。也就在那之后，我便很少写东西，时间都用在看书、睡觉、打游戏上了。

之后，我还在那儿住了三个月，而在那三个月的时间里，我只出过三次宿舍的门。一次是陪一个女生看电影，一次是出去接一个从北京来找我玩儿的朋友，还有一次是发烧到39℃去了医院。我宅在宿舍里最长的一次是三十七天。

那三个月，在游戏方面，我把《地下城与勇士》和《魔兽世界》打到了满级；在看电影方面，我看了十九部文艺片、十七部爱情片、二十一部动作片，以及七部日本片；在饮食方面，则是吃了两箱桶装的方便面，叫了四十九次外卖；在阅读方面，我看了七本外国短篇合集、六本侦探小说、十二本传统小说、十七本漫画；收入方面，主要是稿费，我当枪手写了小说赚了一千四百元，还发表了一篇色情小说收到了三百四十九元稿费。

在宅的那几个月，我到现在都不知道该怎么评价自己。或许，凡事都有正反两面，有失去，才有获得。

旅行

还没有高考，同学们就开始商量考试完去哪儿旅行。我拿着中国地图看了一下，把所去过的城市圈起来，发现我去过的地方可以构成一幅很美丽的画。

在宿舍待了半年之后，我觉得自己领着家里的钱，把自己圈起来像养猪一样真的不像话，便退了房间，背上旅行包，装了电脑、相机和几件简单的衣服，踏上了旅行的道路。在旅行的过程中，我又觉得自己像一头被放养的羊，再仔细想想又不对，羊只要有草就能生存，而我则需要金钱养活自己。

支撑我经济的依旧是我爸每月给的一千块钱生活费，但旅行的费用比宅在宿舍高得多。因此，我卖过报纸和地图，喝过自来水充饥，睡过小巷、牛棚、田野、网吧……其实以上的种种并不算凄凉，只能说是一种经历。真正的凄凉，是我在贵阳时被人抢去了手机、相机、电脑和刚取出来的一千块钱。

迫于无奈，我只能打电话给我爸。因为我用的是公共电话，而且还不是湛江的号码，我爸便以为我被骗进了传销组织，但他还是打了二百块钱给我。第二天下午，在我想离开贵阳的时候，我在街头看到了我爸，他满脸憔悴，我顿时泪流满面。关于他是怎么来的，他没和我说。我没有告诉他地址，或许他是通过我打的公共电话得知的。

爸爸见到我时没生气，只是叹了口气，说："没事就好，走，我们吃饭回家。"

后来，我去重庆开"90后作家联谊会"的时候，有人问我："你觉得最对不起的人是谁？"有人抢着回答："肯定是他爸。"

是的，是他，他是一个好人，一个好爸爸。

梦想

我从小就有一个梦想，开一家小书店，书店里要有一个小阁楼，阁楼里摆着几张复古的桌子，放着我从世界各地淘回来的玩具、饰品、乐器，音箱里播放的都是小资的歌曲……可是，当我想起种种关于梦想、书店和现实的时候，才发现，这一切都只是一个让人发冷的冷笑话。

从贵阳回到家里，我没有再去学校，而是在家里待了两个月，直到小A告诉我他要去惠州开书店，我才跟着他坐上了开往惠州的汽车，又一次离开了家。

记得那天很冷，送我的是我爸，他叫我听话，听小A的话。

和小A开书店的那段时间，我们看了三十七部文艺电影和两部魔幻电视剧，还合写了半部长篇。他写了一部长篇小说、六篇短篇小说、二十一篇博客杂文，而我看了书店里所有的漫画以及我认为好看的书。也就是在那段时间，我的文学水平提高得很快。

后来，由于工商局、文化局、城管等政府部门的干涉，书店关门大吉了。在我回家的前一天晚上，我们第一次在书店里喝了酒。四瓶青岛啤酒，还吃了十串牛肉串、一盘烤金针菇、一包奶香花生和三根鸭脖子。

从惠州回家的时候，我爸知道我喜欢关于文字类的东西，便开了一家工作室给我，所需做的只是复印、打印、办校刊等。因为认识的同学多，第一个月就赚了三千多，可是，那时候我想我累了。

2010年6月8日，我关上店铺的门，骑着摩托车到工作室附近的一所高中，在校门口把车停下。我坐在上面，看着高中生的各种表情，看着撑伞等待的家长，突然想到，我爸都没接过我放学呢！这时，我又想到韩寒跟我说的一句话："还是回学校吧，就算让我学自己，我都学不像。"

等人群散开，我给我爸打了个电话。

我说，我想回学校。

韩寒、郭敬明

在摆满盗版书的地摊中，我随手拿起了一本郭敬明的《左手倒影，右手年华》，翻开扉页，我瞬间石化，作者简介上头像是韩寒，而简介则写着：

郭敬明，网名第四维……

我的很多故事都与韩寒有关，但在知道韩寒之前，我是捧着小四的《幻城》当宝看的。我在想，如果当时一直把郭敬明当偶像，而不是改为韩寒，或许我会是一个好学生，或许每写一篇作文都能华丽地炫瞎老师的眼睛。我正在为自己的假设入迷时，突然想起了历史老师的一句话：“历史不能假设。”

就这样，我把思维拉了回来。

我见过郭敬明一次，当时，他带着他的团队到广州签售，那时我正好在广州，我是抱着一副打量他的身高的心态去的。那天，我起得很早，但我到时已人满为患了，全都是小女生。那个场景让我想起了韩寒在《他的国》里关于郭敬明出场的描写，场景和我所见的一模一样。所以，我得出一个结论，韩寒也去找郭敬明签过名，要不然不会写得那么逼真。

到我的时候，我才发现他是坐着的，打量不到他的身高，我便无可奈何地拿出韩寒的《可爱的洪水猛兽》给他签名。他笑笑，然后指了一下《小时代》，示意我拿错了。签了《小时代》我赖着不走，叫他顺便签了《可爱的洪水猛兽》。他没有签上他的名字，只是写了两个字——幸福。那两个字让我很费解，是在暗示他和韩寒很幸福，还是希望我幸福?

相对小四，我更喜欢韩寒。虽然那货让我从一个好学生立马蜕变成坏青年，让我的应试作文从没及格过，让我在学校演讲的时候学着他讲真话被领导关在办公室教育批评。但说到偶像，非他莫属。

见到韩寒，是在一个不太冷的冬天。那时他在肇庆比赛，跟我一起的是各种大哥大姐，就我最小，也因为这样，大家都很照顾我。

在赛车棚里见到韩寒时，他在吃盒饭。带我们去的会长认识他，进去打了招呼，他抿了下嘴。一个姐姐说："我终于见到韩寒了，会动的耶！"众人无语。

当我捧着书找他签名的时候，他很奇怪地看着我，然后问我："怎么不去学校？"我说："退学了，学你，当个文艺青年。"他说："还是回学校吧，就算让我学自己，我都学不像。"然后，他拿起我给他签名的《他的国》，在他签的名字后面加上了两个字——快乐。

我们站在维修棚里看他赛车，看一辆辆跑车从我眼中闪过。我突然萌发了想当一名赛车手的念头，但我想起第一次开车就撞到电线杆，第二次又遇到了碰瓷者，赔了几千块钱，这个想法便流产了。

郭敬明给我写过两个字——幸福，韩寒给我写过两个字——快乐。这四个字连起来就是幸福快乐。我希望，不管是韩寒、郭敬明，还是你我，都能一直幸福快乐下去。

爱情

一个比我大两岁的姐姐在网上跟我说，她喜欢上了一个比她大七岁的已婚大叔，问我怎么办。我的大脑迅速汇集了"畸形爱情""小三""后悔"等词语。

我说，畸形的爱，趁早放弃。

她说，我也想到“畸形”这两个字。

我也曾有段爱情，早恋加畸形。如果用压缩的手法描写，是这样的：我初三的时候和一个高三的姐姐谈恋爱，后来她考上了北京的一所学校，读旅游专业，她刚上大学的那两年，依旧跟我保持关系和联络。但在第三年，她失踪了，没有给我留下一句话。在她失踪的那一年，我去了趟北京，联系了很多朋友才找到她，然后约她去后海见面。在后海等待的过程中，我想到了各种暧昧，心跳仿佛回到了和她初吻时的频率。可是，当我看见她抱着一个小女孩、牵着一位成功男士的时候，我欲哭无泪。她指着那女孩说，我女儿；又指着成功男士说，我老公。然后，指着我向她老公介绍，我弟弟……

写到这里，音箱里正播放着陈奕迅和王菲的那首《因为爱情》，我也跟着哼了起来。

给你一张过去的CD/听听那时我们的爱情/有时会突然忘了我还在爱着你/再唱不出那样的歌曲/听到都会红着脸躲避/虽然会经常忘了我依然爱着你/因为爱情不会轻易悲伤/所以一切都是幸福的模样……

剧终

我做了一个梦，梦见我从悬崖上坠落。我在梦里想到，我会不会像武侠

小说那样会奇迹生还，还在崖底被某高手收为徒弟，传授武艺，让我在江湖名声大振。但在我坠落到一半的时候，我想到这只不过是我小说或电影看多了的想法，我应该去想更实际的东西。

然后，我打开了大脑的搜索页，输入“悬崖坠落”这几个字。在大脑快速运行几秒后，我搜到了一个帖子，主题是如果你从悬崖上坠落，在这坠落的过程中只能讲两个字，你想讲什么？其中一个哥们儿的答案很强大——变身。

是的，当时我在梦中也想过变身。可是，没有怪兽就不存在变身一说，我只能摔得粉身碎骨，然后惊醒。

醒来的时候，我满头大汗。摸黑打开了灯，发现电脑还开着，播放着陈绮贞的歌曲《距离》。看着堆放在桌子上的一堆作业，我不知何去何从。

这时，手机响了，是老师发来的一条信息：“高三了，还逃课。”

一则感人的故事

中午，我站在学校大门口当交通引导，帮助一年级的小朋友放学。

卓新勇的母亲悄悄地提着一个盒饭在校门口，被我一喊，她露出不好意思的表情。

“老师啊……”

“哎呀，我不是跟你讲了吗？学校不同意家长给孩子送盒饭。如果每个妈妈都像你这样，学校大门就挤满了人，那样，我们怎么放学呢？”

“我知道！我知道！”

“我知道！我知道！知道了还送，简直是明知故犯。你不会让他自己带盒饭吗！”

类似这样的对话，不知道出现了多少次。每到中午，送盒饭的家长和放学的一年级小朋友常常相撞在一起，相当混乱。

卓新勇是一位沉默寡言、乖巧内向的孩子。有一次上课，他竟然打瞌睡。我很讶异，把他叫起来。

“怎么了？”他一脸迷惘地站起来，不回答。

第二天上课，也是这样。我实在受不了，把他叫过来，狠狠地教育了一番。

“你到底怎么了？”我气得半死，已经控制不住自己的情绪了。

突然，他垂头淌下泪水，我暗自一惊。

“说呀！到底为什么上课要打瞌睡呢？”

“我妈妈住院了，昨天一直在医院陪她。”

我一听愣住了，顿时，心中的怒气消失了，取而代之的是无限的惭愧。

“她为什么住院呢？”

“是肺癌！”

我一听，心都凉到脚底了。想到身体羸弱的卓新勇，不禁担心不幸哪天来临，他将如何继续往后漫长的岁月呢？想到这儿，我不禁鼻子酸了。

吃饭时，看到妻子喂儿子吃饭，我便想起卓新勇的母亲曾偷偷摸摸给他送盒饭的事。

第二天下班后，我骑着摩托车到医院探望他母亲。几个星期没见，卓新勇的母亲已经瘦得不成人形，苍白的脸，光秃的头，我简直不敢相信就是她。

她看到我，显得很惊讶，努力想站起来，但是一咳嗽，整个人歪在了一边。

“不要站起来！不要站起来！”

“老师，谢……谢谢你！”她吃力地喊着，泪水在眼眶里打转。

在医院的走廊，卓新勇的父亲老泪纵横地对我说：“只剩下两个月了，我真的不知该怎么办。”

回到学校，我把这件事报告给了校长：“他爸爸已经六十多岁了，现在母亲又将离开人世，是不是我们可以发动全校捐款，不管多少，都可以帮助他。”

校长爽快地答应了。经过几天的捐款活动，我们总算筹到了五万二千一百二十元。当我们把钱送到医院时，卓新勇的母亲已经处于昏迷状态。

“我们准备今天送她回家！”卓新勇的父亲脸色憔悴，我一听，心头一阵抽搐。

“老师，能不能帮个忙？”

“请说，只要我能够做到的，一定答应。”

“妈妈前几天一直拉着我的手，说妈妈不能再替你送盒饭了！所以我想请老师再让她送最后一次盒饭，只有送盒饭时，她才真正感受到为人母亲的荣耀。”

听到这儿，我百感交集地点点头。中午，一辆救护车开到学校大门口。卓新勇的父亲和一名医护人员推着担架上卓新勇的母亲，我热泪盈眶地站在旁边，当交通引导老师。

“到了！到了！”卓新勇的父亲买了一个盒饭，躺在担架上的母亲伸出瘦细苍白的手，提着盒饭，在旁边人员的帮助下，慢慢靠近学校的铁门。

在铁门的另一边，卓新勇伸出右手，接过母亲的盒饭。

“妈！”卓新勇号啕大哭。

这时，我清楚地见到她母亲瘦削的脸颊抽搐了一下，仿佛想说话，但是又说不出来。

“妈！我不要！我不要你走！”卓新勇呼天抢地地叫着。我的泪水再也控制不住，哗哗而落。我暗恨自己，以前是多么残忍！第二天，卓新勇的母亲就去世了。

卓新勇的母亲出殡后的那天，卓新勇的父亲来到我办公室，递给我一包牛皮纸包的东西：“老师！这是你和学生们帮助我的钱，我认为还有更多的学生需要这笔钱，所以还给你们。谢谢你们热心的帮忙。”

说完，他将钱一放，掉头就离去了。这笔钱仿佛会生热似的，直烫着我的心坎。从那以后，我天天找卓新勇聊天，担心他经不住丧母的打击。

“老师，你放心，我很好！你不用一直替我担心！”卓新勇对我说，“我很早就知道，我母亲就要死了，我也不是不想听你的话，叫妈妈不要送盒饭。因为，一天当中，只有中午，我才能吃到我妈妈煮的饭。”

我心头一凛：“为什么呢？”

“她很虚弱，家里都是爸爸在煮饭。只有中午爸爸不在，她才能偷偷背着爸爸煮饭，是她坚持要送盒饭的。”

说完，卓新勇泪如泉涌。

十个励志故事，一堂精彩的人生课

故事一：抉择

一个农民从洪水中救起了他的妻子，孩子却被淹死了。事后，人们议论纷纷。有的说他做得对，因为孩子可以再生，妻子却不能死而复活。有的说他做错了，因为妻子可以另娶一个，孩子却不能死而复活。我听了人们的议论，也感到疑惑难决：如果只能救活一人，究竟应该是救妻子，还是救孩子？

于是，我去拜访那个农民，问他当时是怎么想的。他答道："我什么也没想。洪水袭来，妻子就在我身边，我抓住她就往附近的山坡游。当我返回时，孩子已经被洪水冲走了。"

所谓人生的抉择，不过如此。

故事二：爱人之心

这是一个发生在英国的真实故事。

有一位孤独的老人，无儿无女，体弱多病，他决定搬到养老院去，并宣布出售他漂亮的住宅。购买者闻讯，蜂拥而至。住宅的底价为八万英镑，但人们很快就将它炒到了十万英镑。价钱还在不断攀升。老人深陷在沙发里，满目忧郁，要不是健康状况，他是不会卖掉这栋陪他度过大半生的住宅的。

一天，一个衣着朴素的青年来到老人面前，弯下腰低声说："先生，我也很想买这栋住宅，可我只有一万英镑。如果您把住宅卖给我，我保证会让您依旧生活在这里，和我一起喝茶、读报、散步，天天都快快乐乐的。相信我，我会用整颗心来照顾您！"老人颔首微笑，把住宅以一万英镑的价钱卖给了他。

有时，只要拥有一颗爱人之心，就能拥有你想要的。

故事三：经验

一个博士被分配到一家研究所工作，成为研究所里学历最高的人。

有一天，他到单位后面的小池塘去钓鱼，正好正副所长在他的一左一右，也在钓鱼。他只是微微点了点头，心想，这两个本科生，有啥好聊的呢？不一会儿，正所长放下钓竿，伸伸懒腰，从水面上健步如飞地走到对面上厕所。博士吃惊得眼球都快掉下来了。水上漂？不会吧？这可是一个池塘啊！正所长上完厕所回来的时候，同样也是噌噌噌地从水上漂回来了。

怎么回事？博士不好意思去问，毕竟自己是个博士生啊！

过了一阵，副所长也站起来，走几步，噌噌噌地漂过水面，去对面上厕所。这下博士更是差点儿昏倒，心想：不会吧？难道到了一个江湖高手集中的地方？

过了一会儿，博士也内急了。池塘两边有围墙，要到对面的厕所需要绕十分钟的路，而回单位上又太远，怎么办？他也不愿意去问两位所长，憋了半天后，也起身往水里跨：我就不信本科生能过的水面，我博士生不能过。可是，博士“咚”的一声栽到了水里。

两位所长将他拉了出来，问他为什么要下水。他问：“为什么你们可以走过去呢？”两位所长相视一笑，说：“这池塘里有两排木桩子，由于这两天下雨涨水，正好在水面下。我们都知道这木桩的位置，所以可以踩着桩子过去。你怎么不问一声呢？”博士哑口无言。

学历代表过去，只有学习力才能代表将来。尊重经验的人，才能少走弯路。一个好的团队，也应该是学习型的团队。

故事四：给予

老木匠准备退休，他跟老板说要回家与妻子儿女享受天伦之乐。老板舍不得他的好工人走，问他是否能帮忙再建一座房子，老木匠答应了。但是，大家后来都看得出来，老木匠的心早已不在工作上，他用的是好材料，出的却是粗活。

房子建好的时候，老板把大门的钥匙递给他。

“这是你的房子。”老板说，“是我送给你的礼物。”

老木匠震惊得目瞪口呆，也羞愧得无地自容。如果他早知道是在给自己建房子，他怎么会这样敷衍呢？现在，他却要住在一幢自己粗制滥造的房子里！

我们又何尝不是这样？我们漫不经心地“建造”自己的生活，不是积极行动，而是消极应付，凡事不肯精益求精，在关键时刻不能尽最大努力。等我们惊觉自己的处境时，早已深困在自己建造的“房子”里了。

把自己当成那个木匠吧，想想你的房子。每天，你敲进去一根钉，加上去一块板，或者竖起一面墙，用你的智慧好好建造。

你的生活是你一生唯一的创造，不能抹平重建。即使只有一天可活，也要活得优美、高贵，因为生活是自己创造的。

故事五：窗

一个太太多年来不断抱怨对面的太太懒惰：“那个女人的衣服永远都洗不干净，看，她晾在院子里的衣服总是有斑点，我真的不知道，她怎么连洗衣服都洗成那个样子。”

直到有一天，一个朋友到她家，又听到了她的抱怨。朋友观察了很久才发现并不是这样，于是他拿了一块抹布，把这个太太窗户上的灰渍抹掉，说：“看，这不就干净了吗？”

原以为是别人的衣服洗不干净，其实，是自己家的窗户脏了。

故事六：提醒自我

一个老太太坐在马路边，望着不远处的一堵高墙，总觉得它马上就会倒塌，见有人向墙走过去，她就善意地提醒道：“那堵墙要倒了，离远点儿吧。”

被提醒的人不解地看着她，大模大样地顺着墙根走了过去——那堵墙并没有倒。

老太太很生气：“怎么不听我的话呢？”又有人走来，老太太又给予劝告。

三天过去了，许多人从墙边走过去，并没有遇到危险。第四天，老太太感到有些奇怪，又有些失望，便不由自主地走到墙根下仔细观看。然而就在此时，墙倒了，老太太被掩埋在灰尘砖石中，气绝身亡。

提醒别人时往往很容易、很清醒，但能做到时刻清醒地提醒自己很难。所以说，许多危险来源于自身，老太太的悲哀便因此而生。

故事七：河边的苹果

一位老和尚的身边有一群虔诚的弟子。

一天，他嘱咐弟子每人去南山打一担柴回来。弟子们匆匆行至离山不远的河边，人人目瞪口呆。只见洪水从山上奔泻而下，无论如何也休想渡河打柴了。弟子们无功而返，都有些垂头丧气，唯独一个小和尚与师父坦然相对。师父问其原因，小和尚从怀中掏出一个苹果，递给师父说，过不了河，打不了柴，见河边有棵苹果树，我就顺手把树上唯一的苹果摘来了。后来，这个小和尚成了师父的衣钵传人。

世上有走不完的路，也有过不了的河。过不了的河掉头而回，也是一种智慧。但真正的智慧还要在河边做一件事情：放飞思想的风筝，摘下一个“苹果”。

故事八：简单道理

从前，有两个饥饿的人得到了一位长者的恩赐：一根钓竿和一篓鲜活硕大的鱼。其中，一个人要了一篓鱼，另一个人要了一根钓竿，于是，他们便分道扬镳了。

得到鱼的人原地就用干柴燃起篝火煮起了鱼，他狼吞虎咽，还没有品出鲜鱼的肉香，转瞬就连鱼带汤地吃了个精光。不久，他便饿死在空空的鱼篓旁。另一个人则提着钓竿继续忍饥挨饿，一步步艰难地向海边走去，当他看到不远处那片蔚蓝色的海洋时，最后一点力气也使完了，他只能眼巴巴地带着无限遗憾撒手人世。

还有两个饥饿的人，同样得到了长者恩赐的一根钓竿和一篓鱼。只是他们并没有各奔东西，而是商定共同去找寻大海，他俩每次只煮一条鱼。经过艰难的跋涉，他们来到了海边，从此，两个人开始了以捕鱼为生的日子。几年后，他们盖起了房子，有了各自的家庭、子女，也有了自己的渔船，过上了幸福安康的生活。

一个人只顾眼前的利益，得到的终将是短暂的欢愉；一个人虽目标高远，但也要面对现实的生活。只有把理想和现实有机地结合起来，才能成为一个成功之人。有时候，一个简单的道理，足以给人意味深长的生命启示。

故事九：右手握左手

桌上流行一首顺口溜：握着老婆的手，好像右手握左手。每当有人念出，熟悉的或不熟悉的一桌子人便会意地放声笑起来，气氛立刻就轻松了。当然，这是基于大家对该顺口溜的一致理解——感觉准确，描述到位。

有一天，餐桌上又有人念起这段顺口溜，男人们照例笑得起劲，只有一位女人没笑。男人们忙说闹着玩儿别当真。没想到女人认真地说，最妙的就是这“右手握左手”。第一，左手是最可以被右手信赖的；第二，左手和右手都是自己的；第三，别人的手不论怎样让你愉悦兴奋、魂飞魄散，过后都是可以甩手的，只有左手，如果甩开了你就残缺了，是不是?

一桌子男人都很佩服，称赞这个女人的理解深刻独到。女人淡淡地说：“有什么深刻独到，不妨回去念给你们各自的老婆听听，看她们说些什么。”

结果，男人们当中胆子大的便回去试探老婆，果然，老婆们的理解均与餐桌上的那个女人相同。

女人们都是左手，男人们当然要以左手计。而男人们都是右手，女人们当然要为右手想。

故事十：钢玻璃杯的故事

一个农民，初中只读了两年，家里就没钱继续供他上学了。他辍学回家，帮父亲耕种三亩薄田。在他十九岁时，父亲去世了，家庭的重担全部压在了他的肩上。他要照顾身体不好的母亲和一位瘫痪在床的祖母。

二十世纪八十年代，农田承包到户。他把一块水洼挖成池塘，打算养鱼。但乡里的干部告诉他，水田不能养鱼，只能种庄稼，他只好又把水塘填平。

然而，这件事成了一个笑话。在别人的眼里，他是一个想发财但又非常愚蠢的人。

听说养鸡能赚钱，他向亲戚借了五百元钱，养起了鸡。但是一场洪水后，他养的鸡得了鸡瘟，几天内全部死光了。五百元对别人来说可能不算什么，但对一个只靠三亩薄田生活的家庭而言，简直是天文数字。他的母亲受不了这个刺激，竟然忧郁而死。

后来，他酿过酒，捕过鱼，甚至还在石矿的悬崖上帮人打过炮眼……可都没有赚到钱。

三十五岁的时候，他还没有娶到媳妇，即使是离异的有孩子的女人也看不上他。因为他只有一间土屋，随时有可能在一场大雨后倒塌。娶不上老婆的男人，在农村是没有人看得起的。但他还想搏一搏，就四处借钱想买一辆手扶拖拉机。不料，上路不到半个月，这辆拖拉机就载着他冲入一条河里。他断了一条腿，成了瘸子。而那辆拖拉机被人捞起来时已经支离破碎了，他只能拆开当废铁卖。几乎所有人都说他这辈子完了。

然而，几年后，他成了我所在城市里一家公司的老总，手中有两亿元的资产。现在，许多人都知道他苦难的过去和富有传奇色彩的创业经历。

许多媒体采访过他，但我只记得这样一个情节。

记者问他："在苦难的日子里，你凭什么一次又一次毫不退缩？"

他坐在宽大豪华的老板桌后面，喝完了手里的一杯水。然后，把玻璃杯握在手里，反问记者："如果我松手，这只杯子会怎样？"

记者说："摔在地上，碎了。"

"那我们试试看。"他说完一松手，杯子掉到地上发出了清脆的声音，但并没有破碎，而是完好无损。他说："即使有十个人在场，他们也会认为这只杯子必碎无疑。但是，这只杯子不是普通的玻璃杯，而是用玻璃钢制作的。"

内心坚强的人，即使只有一口气，也会努力去拉住成功的手，除非上苍剥夺了他的生命……

图书在版编目（CIP）数据

真心离伤心最近：一些让人流泪的故事 / 末尾曲故事小组著.
—长沙：湖南文艺出版社，2014.4
ISBN 978-7-5404-6636-7

Ⅰ. ①真… Ⅱ. ①末… Ⅲ. ①故事－作品集－中国－当代
Ⅳ. ①I247.8

中国版本图书馆CIP数据核字（2014）第048368号

上架建议：畅销 · 情感 · 励志

真心离伤心最近：一些让人流泪的故事

作　　者： 末尾曲故事小组
出 版 人： 刘清华
责任编辑： 薛　健　刘诗哲
特约监制： 陈　江　毛闽峰
策划编辑： 张其鑫
装帧设计： 黄柠檬
封面绘制： 纯子Chun
出版发行： 湖南文艺出版社
（长沙市雨花区东二环一段508号　邮编：410014）
网　　址： www.hnwy.net
印　　刷： 北京天宇万达印刷有限公司
经　　销： 新华书店
开　　本： 889mm × 1194mm　1/32
字　　数： 170千字
印　　张： 7.5
版　　次： 2014年4月第1版
印　　次： 2014年4月第1次印刷
书　　号： ISBN 978-7-5404-6636-7
定　　价： 28.00 元
（若有质量问题，请致电质量监督电话：010-84409925）